神従の獣 ～ジェヴォーダン異聞～

欧州妖異譚 9

ホワイトハート
講談社X文庫
NOT FOR SALE

特別番外編
腹ペコのピクニック

篠原美季 著　かわい千草

神従の獣 ～ジェヴォーダン異聞～ 欧州妖異譚9

特別番外編

腹ペコのピクニック

ベルジュ家で双子の姉妹の誕生日パーティーが開かれた翌日。暖かな陽光の下、元気いっぱいの声があたりに響きわたる。

「ユウリ！　こっちよ」

「早く」

それに対し、友人をともなってゆったりと歩いていた長兄のシモンが、妹たちの忙しなさをとがめた。

「二人とも。お客さまを、そんなに急がせるものではないよ」

「あら、でも、ユウリは倒れそうなくらいお腹がすいていて、早くお昼を食べたいはずよ」

「そうそう。朝食をしっかり食べたお兄さまには、わからないでしょうけど」

それを聞いたユウリが、隣にいる優雅な友人を見あげる。その顔には、「へえ。食べたのか」という想いがありありと浮かんでいた。

気づいたシモンが、弁明する。

「いや、いちおう、僕は早起きしたから」

「ああ、うん。悪いとは言ってないし、思ってもいないよ」

ユウリは心から言ったのだが、シモンは納得してくれない。

「それなら、なんで、そんな責めるような目で僕を見るんだい？」

「え？」

慌てて視線をそらしたユウリが、申し訳なさそうにいい訳する。

「ごめん。そんなつもりはまったくなかったけど、もしかしたら、『お腹がすいた～』という想いが、目に出てしまったのかも」

「ナルホド」

納得したらしいシモンが、ユウリの背中
押しながら続ける。

「それなら、君が行き倒れる前に、なん
ても食卓に辿り着こう」

そんな彼らの前では、給仕の手で、白
ラソルが広げられ、テーブルの上に食器
ラスが手際よく並べられていく。

マリエンヌとシャルロットが、バスケ

スイート♡スイート ウェディング

ホワイトハート最新刊

里崎 雅

イラスト／香坂ゆう

生まれた時から、かつて敵国だった隣国に嫁ぐよう定められたエレアーヌ姫は、憧れのユリウス王との婚儀を心待ちにしていた。だがユリウスには冷たい視線を向けられて!?

定価:本体630円(税別)

♡来月の新刊♡7月4日頃発売 ※予定の作家・書名は変更になる場合があります。

中華ラブロマンス はつ恋 翡翠の旋律 2 楠瀬 蘭 イラスト／明咲トウル

ベル・エポック恋愛ロマン オートクチュール・ガール 中川ともみ イラスト／由貴海里

を指し示しながら言う。

「ユウリ！　この中に、私たちが作った特製サンドウィッチが入っているのよ」

「フルーツをふんだんに入れたから、ちょっと、デザートみたいだけど」

ユウリが、意外そうに訊き返す。

「へえ、二人が作ってくれたんだ？」

「ええ！」

「すごい？」

誇らしげに応じた二人だったが、いざ、バスケットをあけた瞬間、驚天動地といった声をあげた。

「あらま！」

「うそでしょう!?」

いったい、何事が起きたのか。

ユウリが、二人に近づきながら訊く。

「どうしたの？」

それに対し、ユウリのほうを悲しげに振り返った二人が、口々に訴えかける。

「見て、ユウリ！」

「私たちがせっかく作ったサンドウィッチが、食べられちゃった！」


ユウリが、驚いて訊き返す。

「食べられたって、誰に？」

「それは——」

二人は、そっくりな顔で互いに見つめ合ったあと、声を揃えて言った。

「木彫りのマリア様と連れの熊さんに！」

「え？」

ユウリが、バスケットの中を覗きこむ。

近づきながら、その様子を見ていたシモンが、ユウリのそばで立ち止まって告げた。

「お前たちが言っているのが、庭に埋めた例のマリア像のことなら、きっと、不敬な仕打ちに対し、罰を与えようと土の中から出て来たのだよ」

「罰？」

兄の言葉に反応した二人が、「そんな〜」と情けない声をあげる。

「でも、私たち、さんざん捜しまわったのに」

「そうよ。泥だらけになって」

「なのに、罰なんて……」

姉妹の言い分を聞きながら、バスケットの中の木彫りの像に手を伸ばしたユウリが、首をかしげて考え込む。

（なんで、これがここにあるんだろう？）

裏の事情を知っているユウリにしてみれば、それは、とてもおかしなことである。

これがここにあるとしたら、真実は、たった一つ。木彫りの像が埋められたことを恨んで這い出てきたのではなく、誰かが、わざとバスケットの中に潜ませたということだ。

そして、そんなことができるのは――。

ユウリが、もの問いたげな視線を高雅な友人に投げかける。気づいたシモンが、澄んだ水色の瞳で洒脱にウインクしてきた。

（ああ、やっぱり……）

この像をバスケットに仕込んだのは、シモンらしい。おそらく、なんでもかんでも埋めてまわる妹たちを戒めるために、仕組んだ悪戯なのだろう。

小さくため息をついて手元の像を改めて見おろしたユウリは、その時、あることに気づいて、その場で小さく目を見ひらいた。

（――あれ？）

そんなユウリの頭越しに、ベルジュ家の兄妹の会話は続く。

「いいかい、二人とも。これに懲りて、二度とマリア像や聖者の像を粗雑に扱わないようにすることだよ。わかったかい？」

「はい、お兄さま」

「二度と、しません」

反省した二人が、すぐにコソッと言い合う。

「でも、だからって、本当にサンドウィッチを食べちゃわなくてもいいのにねえ」

「そうよ。ユウリのために作ったのに」

それを耳聡く聞きつけたシモンが、呆れたようにのたまう。

「バカなことを。――木彫りの像が、サンドウィッチを食べるわけがないだろう。当たり前だけど、木彫りの像が置かれた部分のサンドウィッチは、こっちに移して、きちんと持ってきてあるよ」

「……いや、シモン。どうやら、本当に食べたみたいだ」

そう告げたユウリが手にした像

まわりにたっぷりと生クリームがつい

神従の獣～ジェヴォーダン異聞～

欧州妖異譚9

篠原美季

white heart

講談社X文庫

目次

キャラクター紹介

シモン・ド・ベルジュ
フランス貴族の末裔《まつえい》で実業家・ベルジュ家の跡取り。ユウリとはパブリックスクール時代から無二の親友。

ユウリ・フォーダム
日英のハーフ。幽霊や妖精《ようせい》が見えたり、彼らと話ができたりする神秘的な力を持つ。おっとりした性格。

アーサー・オニール
ロンドン大学に通う学生。筋金入りの演劇一家に育った新進気鋭の若手俳優。
コリン・アシュレイ
ユウリ、シモンの1年先輩。イギリスの豪商、アシュレイ商会の秘蔵っ子。オカルトに造詣《ぞうけい》が深い。

イラストレーション／かわい千草《ちぐさ》

神従《しんじゅう》の獣《けもの》～ジェヴォーダン異聞《いぶん》～

序章

その雨は、異常だった。

一時間の降水量が、その土地の年間降水量に匹敵するほどの豪雨である。

雨に煙った山間《やまあい》は、一寸《いっすん》先も見えない。代わりに、谷底を流れる川が、ゴウゴウとすさまじい音をたてるのが聞こえてくる。

荒れ狂う川。

空を走る稲妻。

茶色く濁《にご》った水が、岩肌にぶつかっては逆巻き、渦《うず》を作り、川べりの立ち木を根こそぎ引きはがす。

やがて――。

ズウウウン、と。

山のどこかで重苦しい地響きがする。

大地が、おのれを支えきれずに崩壊した音だ。

ほどなくして、激流に流された大量の土砂《どしゃ》が、ふもとの村を襲った。

茶色の波が、木々をなぎ倒し、石造りの家屋に雪崩れ込む。ロマネスク様式の堅牢《けんろう》な建物にも、窓を突き破って土砂が入り込んだ。

しかも、不幸なことに、あまりにも局地的なことで避難勧告が間に合わず、自主避難をしていた数人を除き、村人のほぼ全員が死亡するという大惨事となってしまった。

明くる日、現地入りした報道陣が映し出した光景は、自然の脅威を、人々の目にまざまざと焼きつけた。

四月末日。

折しも、魔女たちが集うワルプルギスの夜であれば、フランス中南部の山岳地帯に点在する小さな村々では、これは、魔女か悪魔か、でなければ、蘇《よみがえ》った『魔獣《ラ・ベート》』がもたらした災厄であるとの噂《うわさ》が、まことしやかに囁《ささや》かれることになる。

第一章　騒動への入り口

1

六月のロンドンは、気候も穏やかで過ごしやすい。

一日ごとに日が延びていくこの季節、街中にはバックパッカーや観光客が溢《あふ》れ、喧騒《けんそう》を逃れたい地元《シティ》の人間は、サイクリングやハイキングがてら、自然を満喫できる郊外までピクニックをしにやってくる。

その例に漏《も》れず、うららかな金曜日の午後、ロンドン大学での授業を終えたユウリ・フォーダムは、同じく大学での授業を終えたあと、パリから自家用ヘリで一飛びしてきたフランス貴族の末裔《まつえい》であるシモン・ド・ベルジュとともに、手軽なハイキングコースとなっているハムステッド・ヒースに来ていた。

見晴らしのよい草地に大判のブランケットを広げ、そこに、フォーダム家に仕えるエヴァンズ夫妻が準備しておいてくれたサンドウィッチやスコーン、サラダやローストビーフなどを所狭しと並べ、オレンジやピーチなど果物をふんだんに使って作られたフルーツ・ティーとともに午後のお茶を楽しむ。

その際、もちろん、紙コップや紙皿など安価なものは使わず、年季の入ったピクニックセットがその場を飾っている。

なんとも気持ちのよい天気だった。

長袖《ながそで》を重ね着していると汗ばむくらいの陽気で、花の香りを運んでくる風が、肌に心地よい。

そよ風に吹かれながら、シモンが言う。

「これぞ、まさにイギリスだな。……あるいは、ブラウニングの詩のごとく」

「カタツムリ、枝を這《は》い、神は空に知ろしめす?」

「そう。――なべて、世はこともなし」

ユウリが、見あげていた空から、かたわらの友人へと視線を移す。

そこに、奇跡の造形物があった。

陽光を映して白く輝く金の髪。

南の海のように澄んだ水色の瞳《ひとみ》。

その出自に見合う高雅な風貌《ふうぼう》のシモンが、陽射《ひざ》しの下、肘《ひじ》をついて半身を支えながら横たわる姿は、まさに太陽神アポロンが顕現《けんげん》したかのようで、誰もがハッと息を呑《の》むほど美しい。飛び回るミツバチの羽ばたきまでが完璧《かんぺき》に整っているかに思えるこの一瞬に、ユウリは心の底から幸福感を覚えた。

シモンの隣にいるのは、なんと贅沢《ぜいたく》で喜びに満ちているのか——。

するとと、そんな思いが通じたのか、ユウリに視線を向けていたシモンが、柔らかな眼差しで告白する。

「もっとも、君なしでは、この時間もありえないわけだけど」

「僕?」

不思議そうに首を傾《かし》げるユウリに、シモンが「そうだよ」と力説する。

「君が隣にいてくれるから心が安らぐのだし、そもそも、ユウリがいなければ、僕はここにいない」

「……なるほど」

前半はともかく、後半は確かにそのとおりだ。

パリ大学に通うシモンは、現在パリ暮らしの身の上で、本来なら、週末は家族のいるロワールの城に戻っているはずだ。ただ、大学生になってこの方、暇さえあればロンドンに遊びに来ているシモンが、実際に城で過ごした時間は少ない。遊び盛りである二十歳前の青年であれば、それもしかたないことなのだろう。

とはいえ、フランス屈指の名家であるベルジュ家の跡取りともなれば、家の用事をないがしろにすることはさほど簡単ではなく、この週末も、諸事情のもと、ロワールの城に戻らなければならないという。

それならそれで、とっとと帰ればよさそうなものを、そうしないのがシモンという人間で、彼は、わずかな時間をユウリと過ごすためだけに、わざわざフランスからヘリを飛ばしてきた。

贅沢この上ない話だが、それくらい、彼にとって、ユウリのそばは居心地がいい。滝のそばでマイナスイオンを浴びるのに等しい癒し効果があるのかもしれない。

煙るような漆黒《しっこく》の瞳。

絹糸《きぬいと》のような黒髪。

日本人の母を持つユウリの東洋風の顔立ちは、決して人目を惹《ひ》くほど整っているわけではないのだが、瑞々《みずみず》しいきめ細やかな肌やほっそりした首筋の様子などが、凛《りん》とした清涼感を彼に与えていて、透明感のあるきれいな人間として他者の目に映る。

加えて、上品で控えめな振る舞いが万人の心を捉《とら》え、時おり見せる神秘的な儚《はかな》さと相まって、接すれば接するほど相手を魅了していく不思議な存在だった。

そのせいかどうか、第三者が思うほどには、ユウリの隣を確保するのは簡単ではないのだが、さすが、どこにあっても稀代《きたい》の逸材と称されるシモンは、親しさにおいて他者の追随を許さない。

　もちろん、シモンのほうでも、その立ち位置を死守するために、パブリックスクール時代から持ち前の政治的手腕を発揮して、周囲に対し、それなりの牽制《けんせい》をしてきた。その甲斐《かい》あって、今に至るまで確固たる親友関係を保持しているわけだが、それでも、決して安穏としていられないのが、現実だ。

　そのことを暗示するかのように、ブランケットの上に投げ出してあったシモンのスマートフォンが着信音を響かせる。

　手に取ったシモンは、水色の瞳を面倒くさそうにすがめると、電話には出ず、そのまま元の位置に戻した。

　それを見て、ユウリが訊《き》く。

「いいの？」

「いいんだ」

「僕のことなら気にしなくても」

「うん。わかっている」

　忙しい身の上のシモンに緊急の連絡が入ることは珍しくないため、ユウリは少々意外に思うが、そのうちにも着信音は途絶え、あたりは一瞬静まり返る。

　だが、すぐに、今度はユウリの携帯電話が着信音を響かせた。

手に取ったユウリが、「あれ、オニールだ。どうしたんだろう」と呟《つぶや》き、躊躇《ためら》いもせずに電話に出る。

「もしもし？」

その瞬間、シモンの口から漏れた小さな溜《た》め息。

アーサー・オニールは、ユウリとシモンのパブリックスクール時代からの友人で、演劇一家に生まれ育った生粋《きっすい》のロンドンっ子だ。

炎のような赤い髪に、とろけるような甘い顔立ち。

ユウリと同じくロンドン大学に在籍する身でありながら、今を時めく若手俳優としても大活躍している彼が、持ち前の才覚と情熱でもって、シモンに負けず劣らず、ユウリに対する過干渉ぶりを発揮しているというのは有名な話で、最近では、シモンの立ち位置を脅《おびや》かす筆頭ともいえる存在となっていた。

実は、さっきの電話もオニールからで、その前のメールで、今日の午後、たまたま時間が空いたから、二人の邪魔をしていいかと打診があったのだ。もちろん、シモンはメールの返信できっぱり断ったのだが、それで諦《あきら》めるような男ではなく、再度の電話での連絡を無視されたと知るや、今度はユウリに直談判《じかだんぱん》してきたらしい。

電話口で答えるユウリの声。

「うん、そうだけど、何かあった？　——ああ、うん、シモンならここにいるよ。え？

電話？」

　言いながら、チラッとシモンのほうを見たユウリの漆黒の瞳が、戸惑いの色を浮かべて宙を泳いだ。

「ええっと、ごめん。それは、僕にはわからない。……あ～、いや、う～んと、気づかなかったけど。……うん。――え？　――今、どこって」

　キョロキョロしたユウリが、詳しい位置がわからないまま、ひとまず名称だけ答えようと口を開きかけると、そのタイミングで、スッと下から腕を伸ばしたシモンが、指先を動かしてユウリに替わってと示した。

　状況から察して、頭の切れる友人が正確な位置を答えてくれるものと勘違いしたユウリが、電話口で一言断りを入れる。

「――あ、ちょっと待って、アーサー。今、シモンに替わるから」

　そのまま、オニールの返事を待たずに、携帯電話をシモンの手に渡す。

「やあ、オニール」

　軽やかな英語で話し出したシモンは、遠くに視線をやりながら続けた。

「それは失礼。気づかなかったよ。……いや、まったく。……ああ、だろうね。でも、その件についてては、もう話がついたと思っていたけど？　……もちろん、そんなの承知の上さ。……まったく、君もしつこいね」

それに対し、相手に何を言われたのか、シモンが喉《のど》の奥でおかしそうに笑う。

「あ〜、悪いけど、そんなこと、今のオニールに言われる筋合いはないよ。——いや、そうではなく、フランスにいる僕のところにも、海を越えていろいろと噂は届いているってことさ。……何がって、そうだな、一例をあげると、暴君の目が光っていて、ユウリとろくに話すこともできないとかって。——別に、誰でもいいだろう。一人とは限らないし、情報源はおいそれと漏らせない。——いや、ユマだけじゃない。……うん。そう思うなら、たいがいにしておくことだね」

いったい、なんの話をしているのやら。

どうやら、ユウリが思っていたのとは全然違う方向に、二人の会話は進んでいるようである。

ちなみに、ユマというのは、フルネームを「ユマ・コーエン」というオニールの従兄妹《いとこ》で、彼と同じ劇団の看板女優だ。ユウリやシモンとも仲がよく、おのおの、メールのやり取りをしている。

そのユマからシモンに、どんな苦情が寄せられているのか。

自分の名前があがったところで、どこか気まずそうにシモンの横顔を見ていたユウリのことを、その時、シモンが視線を戻して見つめた。澄んだ水色の瞳が、搦《から》め取るようにユウリを捉える。

ドキッとしたユウリの前で、シモンが淡々と告げた。

「そうだよ。──だから、これ以上、邪魔をしないでくれないか。もちろん、電話もメールもお断り」

さすがにびっくりして目を丸くするユウリを見て、シモンが自嘲《じちょう》気味に口の端を引き上げる。

「そんなの、今さら何を言っているんだ。わかりきったことだろう。……それに、その手のことは、ウラジーミルたちからさんざん言われ続けてきたことだからね、正直、もう慣れっこだよ。──うん、そういうこと。──じゃあ……え？　……ああ、それは、わかっている。……こっちこそ、申し訳ない。それじゃあ、また」

そこで、持ち主の了解も得ずに勝手に話を終わらせたシモンが、沈黙した携帯電話をユウリに返す。

その際、一言。

「オニールが、よろしくってさ」

「……僕に？」

「そう。貴重な時間を邪魔して悪かったって」

本当にそんなことを言ったのかどうか、会話の一端を聞く限り怪しいものだが、ユウリは気にせず、受け取った携帯電話をポケットにしまう。

オニールの性格からして、何か文句があれば、週明け、大学で会った時に思いのたけをすべてぶちまけてくるだろうし、ぶちまけてしまえば、すぐに忘れる。前向きで、後腐れがないのが、オニールの美点だ。

それに、これであんがい、シモンとオニールは、どちらもこの手のやり取りを楽しんでいる節があるので、間に挟まれる形となったユウリがいろいろと気に病んでも、あまり意味のないことだった。

（……まったく、仲がいいのか、悪いのか）

たぶん、とてもいいのだろう。

つまり、ユウリはダシにされているわけで、少々呆《あき》れ気味の彼に、シモンが訊いた。

「そういえば、話はガラッと変わるけど、妹たちからの招待状は、もう届いた？」

「ううん。まだ」

「へえ。おかしいな。とっくに出したはずなんだけど……」

考え込んだシモンだったが、すぐにどうでもよさそうに続ける。

「まあ、君の場合、招待状なんて形だけで、どうせ顔パスだから、ないならないで構わないし、それに、そうだ、言おうと思っていたんだけど、せっかく、わざわざロワールの城まで来るなら、金曜日の午後から滞在してはどうかと思っていたんだよ。――ああ、もちろん、君の予定が空いていればだけど」

「予定は空いている。……でも、邪魔じゃない？」

「全然。むしろ、多少バタバタしていて落ち着かないかもしれないけど、気にせず、好き勝手に城の中を散策してくれたらいいし、もしよければ、準備のほうを手伝ってくれるとありがたい」

「いいの？」

「うん。面倒でなければ」

「まさか。楽しそう」

「それなら、決まりってことで家の者には伝えておく。迎えのことやなんかは、臨機応変に、当日、メールで」

「わかった」

答えたユウリが、続ける。

「なんにせよ、もう来週なんだね、マリエンヌとシャルロットの誕生日会」

マリエンヌとシャルロットというのはシモンの双子の妹で、社交界デビューを果たした二人の誕生日会が、来週末、ロワールの城で盛大に開かれることになっていた。

もちろん、ユウリも早くから話を聞いていて、楽しみにしていたのだ。

シモンが今週末、ロワールの城に戻らなくてはならないのも、その準備の打ち合わせに顔を出す必要があるからで、内輪のパーティーとはいっても、当然、それなりの規模であるのは間違いない。

　ユウリが訊く。

「やっぱり、大変？」

「まあね。いつもなら、この手のことはアンリが段取りよく動いてくれるんだけど、さすがに受験生の彼にそこまで負担をかけるわけにもいかないから、たまには、僕が主導しようと思って」

「ああ、アンリ」

　シモンの異母弟《いぼてい》であるアンリは、その独特な存在感ゆえに、ベルジュ・グループの関係者の間で、最近注目を浴びるようになってきているらしい。それは、十代の若者にとってプレッシャー以外のなにものでもないだろうが、当人は、飄然《ひょうぜん》としていて、あまり動じていないようだった。

　そんなアンリであれば、盛大なパーティーの準備も要領よくこなしそうだ。

「彼は、どんな調子？」

「元気だよ。受験のほうも、まったく問題なさそうだし」

「さすが」

「そうだね。――パーティーで君に会えるのを、すごく楽しみにしている。きっと、彼にとっても、いい息抜きになるだろう」

「そっか。僕もアンリに会うの、とっても楽しみなんだけど、……ただ、まだ、マリエンヌとシャルロットの誕生日プレゼントを買っていなくて、まずいな。今週末、探しにいかないと」

「それなら、何かアンティークのものを探すといいよ」

「それって、もしかして、まだ、宝探しに凝っているとか？」

マリエンヌとシャルロットの趣味は、ロワールの城にあるお宝を発見することで、その趣味が高じて、ついには自分たちの手で宝物を庭に埋め始めた。それを、また掘り起こしては、そのお宝の蘊蓄《うんちく》を語るのが楽しいのだそうだ。

「そう。そのうち、トレジャーハンターになるとか言い出しかねない。あるいは、考古学者とか」

「へえ。それはそれで、夢があっていいかもしれない」

なにせ、資金は莫大《ばくだい》だ。

そんなユウリをもの憂げに見やり、シモンがげんなりと言う。

「簡単に言ってくれるけどね、ユウリ。本当にそんなことを始めたら、あっという間に家の財産を食い潰《つぶ》されてしまうよ」

「確かに」

とはいえ、増える一方であるらしいベルジュ家の資産は、一人や二人、無駄に使ったところで、減ることなど永遠にないのではないか。

呑気《のんき》に思っているユウリの前で、シモンが、げんなりとした口調のまま嘆《なげ》く。

「まあ、なんにせよ、今度の誕生日会でも、余興で、宝探しゲームをやると張りきっているから、頭の痛いことだよ」

「ふうん」

そこで唇《くちびる》に人差し指を当ててちょっと考え込んだユウリが、ややあって人のよさを露呈《ろてい》する。

「それなら、念のため、泥で汚れてもいい服を持っていったほうがいいのかな……？」

とたん、シモンが笑う。

「冗談。その必要はまったくないよ」

「本当に？」

彼女たちの宝探しといえば、穴掘りが必須《ひっす》条件ではないのか。

念を押され、ユウリと顔を見合わせたシモンが、その瞬間、笑みを消し、悩ましげに額に手を当てた。

「確かに、冷静に考えたら、笑ってはいられないかもしれない。さすがユウリだな。妹たちのことをよくわかっている。常識的には絶対にありえないことだけど、たぶん、あの二人ならそれくらいやりかねない。――だけど、そうなると、とてもまずいことになる。これは、このあと、城に戻ったら、よくよく注意しておかないと」

そんなシモンの独白を耳にしながら、「もしかして、よけいなことを言ったかな」と、ちょっと反省するユウリだった。

2

それより少し前――。

ロンドンの別の場所では、一つの怪しげな話が持ち上がっていた。

街の中心部から少し西に外れたウエストエンド。

人や車が行き交う大通りから路地に入り、入り組んだ細い道を進んで、いくつか角を曲がったところで、ようやくその店が目に入る。

ただし、用のない人間が辿《たど》り着くのは難しい。また、たとえ用があっても、店のほうに拒《こば》まれてしまえば、曲がる角を違《たが》え、永遠に辿り着くことはできない。

それが、「ミスター・シン」の店である。

現代に生きる本物の霊能者として、その世界では名を知られている彼の店では、ヨーロッパ中から日々持ち込まれる曰《いわ》く付《つ》きの代物を、霊的に鑑定し、必要とあれば引き取ってくれる。そのせいだろうが、彼の店の地下室からは、夜な夜な、奇々怪々な音や声が聞こえてくるという。

もっとも、通りに面した石造りの落ち着いた店構えを見る限り、そんな怪しさは微塵《みじん》も感じられず、飾り窓に陳列された古美術品の数々から、その手のものを扱う、少々敷居の

広がった。

　通りすがりの旅行者などは、まず手を触れようとは思わないであろう重々しい黒い木の扉を開けると、その先に、大都会のただ中にあるとは思えないほどひっそりとした空間が広がった。

　同時に、鼻孔《びこう》をくすぐる没薬《もつやく》の香り。

　金曜日の午後、その場所を一人の客が訪れていた。

　出されたお茶に手を伸ばすのは、小柄で口髭《くちひげ》を生やした、知的だが神経質そうな男である。口にしたお茶に満足そうな笑みを浮かべると、彼は、茶器を戻して、正面に座る男をつくづく眺《なが》めた。

　ふくよかな丸顔に眼鏡《めがね》をかけた老人。

　全体的にのんびりと穏やかそうであるが、ただ一点、左右の目の色が違うために、対峙《たいじ》する人間をどこか落ち着かない気分にさせる。

　彼こそが、この店の主人である「ミスター・シン」だ。

　それともう一人。

　テーブルを挟んで向かい合う二人の横に、一人の青年が座っている。

　彼は、まるで銀幕を前にした観客のように、一人掛けのソファーに居丈高《いたけだか》に座り、物見高い目で年配者二人の様子を窺《うかが》っている。

だが、彼についての説明はいっさいなく、紹介すらされていない。

ただ、気づくとそこにいて、話を聞いていた。

そのため、相談者は、もしかしたら、この青年は自分にしか見えていないのではないかと思い始めている。

そのわりに青年の存在感は半端ではないのだが、なんといっても、ここは「ミスター・シン」の店であり、曰く付きの怪しげなものが、半世紀分ほどゴロゴロしているはずなわけで、そのうちの一つに、悪魔を閉じこめた箱なり瓶《びん》なりがあったとして、なんの不思議があろう。まして、その中で暇を持て余した悪魔が、こっそり抜け出し、彼らの話を聞いていたとして、何か問題があるだろうか。

少なくとも、おとなしく聞いているだけなら、なんの問題もないはずだ。

実際、相談者が勝手に想像したことの一部は当たっていた。

暇を持て余した悪魔のような青年は、勝手にこの場にやってきて勝手に彼らの話を聞いているのだが、ミスター・シンは、そのことをまったく気にせず、話を進める。

「――では、実物は、フランスにあると？」

「そうです。とても、持ってこられるものではないそうなので。……ああ、でも、写真ならありますよ。義父が、送ってよこしたので。……フランス人の妻の父で、住んでいるのは、相当な田舎なんです」

相談者は、そこで、手元のタブレット型端末を操作し、目当ての写真を提示する。

「これです」

見せられたのは、石造りの暗い部屋に飾られた大きな熊皮《くまがわ》だった。頭部もしっかりと残っていて、見る限り、本来は敷物として床に置かれる類《たぐ》いのものであるようだ。ただ、狩りで仕留めた獲物の皮を剝《は》ぎ、このような形で残すのはよくあることで、正直、それがなんだといった感じである。

「ほお」

写真を見たミスター・シンは、それを横にいる青年に無造作に渡しながら、相談者に訊いた。

「見たところ、さほどおかしなものとは思えないんですがの、本当に、これが怪異を引き起こしていると？」

「ええ。電話では、そう言ってました。夜中に、気味の悪い唸《うな》り声を聞いたとか、何かが庭を歩き回っていたとかで、村の人たちが、義父に対し、処分するように言ってきているそうなんですよ」

「ふうむ」

相槌《あいづち》を打ったミスター・シンが、そこでチラッと、横で写真を見ながら欠伸《あくび》をしている青年に視線をやる。

どうやら、早くも退屈し始めているようだ。

小さく肩をすくめた彼は、相談者に向き直って確認する。

「一ヵ月くらい前からとおっしゃいましたか？」

「はい。電話でもお伝えしたとおり、この熊皮は、もともと義父の持ち物ではなかったんです。それが、あの惨事をきっかけに、義父の屋敷で預かることになって……」

相談者が話しているのは、今からおよそ一ヵ月前、フランスの片田舎で起こった自然災害のことである。

四月末日。

フランスの中南部の山岳地帯で集中豪雨があり、山間部にある小さな村が土石流に呑まれた。被害は甚大で、当時、イギリスのテレビでも放映されたほどである。

ミスター・シンが言う。

「つまり、これは、土砂に埋もれた村から出てきたものということですかな？」

「そうです。しかも、ご存じないとは思いますが、実は、近隣住民の間では、あの悲惨な出来事は、その熊皮に宿った魔物がもたらしたものではないかという噂が、まことしやかに囁《ささや》かれているんです。現地の言葉で、なんというんだったか……」

「魔物……」

そこで、ミスター・シンが、再びチラリと青年を見やる。その際、ほんの一瞬ではあったが、底光りする青年の青灰色の瞳が、興味を示して相談者に向けられるのを、彼は見逃さなかった。

満足そうに笑みを浮かべたミスター・シンが、相談者に尋《たず》ねる。

「その噂には、何か根拠があるんでしょうか？」

「ええ」

頷《うなず》いた相談者が、続ける。

「義父から聞いた話だと、その熊皮は、大昔、イギリスでの戦いで活躍したその地の領主が、その功績を讃《たた》えられ、ノルマンディー公より下賜《かし》された熊のものだといわれているそうなんです。ただ、その熊は、当時、村人が放った猟犬に嚙《か》み殺されるという悲惨な運命に見舞われたため、その恨みが熊皮に宿って魔物と化し、村人たちを襲ったというのです。そこで、その魔物を封じ込めるために、その熊皮は村の教会に納められたらしいんですが、実は、大雨が降る前の日に、新しく来た手伝いの人間が、その言い伝えを知らずに、虫干しのために外に出し、そのまま、しまうのを忘れたのだとか」

すると、それまで黙って話を聞いていた青年が、初めて口を開いた。

「——その教会というのは、サンマルタン教会か？」

答える代わりに、相談者はマジマジと青年を見た。

いつの間にか、彼のことを本気で幻想だと思い込んでいたらしく、口をきいたことに驚いたのだ。

ややあって、「……ああ、いや」とあやふやに応じる。

「教会の名前までは聞いていなかったので、今すぐには答えられないけど、義父に訊けばわかるはずだ」

それに対し、青年は小さく肩をすくめて、ソファーにもたれこんだ。それっきり、また== だんまりを決め込む。

呆気《あっけ》にとられる相談者に、ミスター・シンが話しかける。

「それで、お義父上《ちちうえ》は、我々にどうしてほしいとおっしゃっているんでしょう？」

「――え？」

ハッと我に返ったようにミスター・シンに視線を戻した相談者が、「ああ、それが……」と言いにくそうに伝える。

「義父は、できれば、そちらにフランスまで出向いていただいて、直接、そのものを鑑定してはもらえないかと。――それで、場合によっては、引き取るなりなんなりしてほしいそうなんです。もちろん、諸費用はすべてお支払いしますし、そのうえで引き取っていただくために必要な金額の相談もさせていただきます。ちなみに、義父はそれなりに資産家なので、報酬は期待していただいていいと思います」

どうやら、依頼者本人は、フランスの片田舎から出てくるのが億劫《おっくう》だったらしい。それで、現在、ロンドンに住んでいる義理の息子を代理人として遣わし、出張鑑定を依頼しているのだ。もっとも、目の前の男の年齢を考えれば、義父というのが相当高齢であると想像できるので、それもわからなくない。

「なるほど」

頷いたミスター・シンが、頃合いと見て話をまとめる。

「事情はわかりました。他にも予定がありますので、検討して、数日中に返事を差し上げることにします。それで、よろしいですか？」

「構いません。ありがとうございます。――いや、正直、私は半信半疑なんですが、妻も義父も信心深くて、その手のことには敏感なんですよ」

最後にそう言い訳をした男は、連絡先を置いて店を出ていった。

邪魔者がいなくなったところで、ミスター・シンが青年を見て、尋ねる。

「……ということだが、お前さん、どうするね？」

すると、帰り際、相談者に転送してもらった熊皮の写真を、自分のスマートフォンで確認していた青年が、面倒くさそうに返した。年長者への敬意というものをどこかに置き忘れてきたかのような、ふてぶてしさである。

「どうするって、何が？」

「その様子だと、ちょっとは、興味があるのじゃろう？」

「……どうかな」

写真から目をあげずに応じた青年は、ややあって口の端をつり上げて続けた。

「——ま、暇つぶしにはいいかもしれないが」

それに対し、眼鏡の奥の目を細めて笑ったミスター・シンが、嬉《うれ》しそうに提案する。

「なら、わしの代わりに行ってくれるか。——正直、フランスの山中への旅は、年寄りには応える」

「だろうな。そのまま、天国に直行ってことにもなりかねない」

「わかっているなら、行ってくれるな?」

それに対し、顔をあげてミスター・シンを見た青年が、抜け目なく応じる。

「条件による」

「ほお。条件ときたか。……相変わらず、若いくせにあこぎなことじゃ」

呆れたように言うが、ミスター・シンに、青年の無礼な言動やあくどさを本気で咎《とが》めている様子はなかった。むしろ、それをおもしろがっているかのように見える。

「それなら、こんなのはどうじゃ?」

「言っておくが、ここの地下室のものを持っていけとかいうのは、なしだからな」

「わかっておるわい。——そうではなく、小耳にはさんだところでは、ケント州のウッシャー家が、来月、手持ちのコレクションをオークションにかけるそうなんじゃが、その前に、あちらの主人とお前さんが、ある種の有益な話ができるよう、わしが間に入るというのはどうじゃ？」

「ウッシャー家のコレクションか」

顎《あご》に手を当て、青年は内容を吟味するように続けた。

「老ウッシャーは、魔術書のコレクションで有名だからな。……もっとも、規模を考えると、こちらの目を惹くようなものがあるとも思えないが」

「なら、やめるか？」

駆け引きするように問いかけてくるミスター・シンを見返し、青灰色の瞳を細めた青年が、小さく肩をすくめて応じた。

「いや。それで手を打とう。――ということで、せっかくフランスの田舎くんだりまで行くのだから、落ちぶれし『王の熊』が、俺を楽しませてくれるよう祈っていてくれ」

3

所変わって、フランスの首都パリ。

同じ金曜日のお昼時、街の中心部を流れるセーヌ川左岸に位置するパリ大学のカフェテリアでは、一人の女性が、その外見にそぐわない悪態をついていた。

ボブカットにした美しい赤毛。

陶磁器のように白い肌。

完璧なプロポーションをパリコレのモデルのような服装で包み込んだ彼女の名前は、ナタリー・ド・ピジョンという。

鼻筋の通った顔にサングラスをかけ、まるで大女優のように男たちの目をまといつかせながら友人たちの座るテーブルにやってきた彼女の、第一声は——。

「あの、クソ野郎」、だ。

おもしろそうに見あげた友人の一人が訊く。

「それ、まさか、貴女《あなた》の麗しき従兄妹《いとこ》のことじゃないでしょうね？」

「もちろん、あの口やかましい従兄妹のことよ」

とたん、女性陣がざわめく。

「シモン・ド・ベルジュね！」

「奇跡の造形物」

「美の骨頂《こっちょう》」

「……それを言うなら、愚の骨頂でしょう」

「ホント。太陽神アポロンも、彼の前ではかすんで見えるわよ」

「……ただの老眼じゃなく？」

茶々を入れるナタリーを無視して、友人たちの話は続く。

「彼になら、一夜の遊びでいいから抱かれてみたい」

「そうねえ。そのためなら、一生をかけてもいいかも」

「わかる。もし、ベルジュが残虐な領主で、一夜を共にした女性を次の日には殺していたとしても、私なら、彼のもとに馳《は》せ参じるわ」

「う～ん、素敵。ロマンねえ」

とたん、鼻を鳴らしたナタリーが、「なにが、ロマンよ」と吐《は》き捨てる。

「あんな奴、ロマンどころか、マロン・グラッセの欠片《かけら》も持ってないわよ。とにかく子供じみていて、女性より、お気に入りの毛布を手放さない人だもの」

「え、彼、ライナス症候群《シンドローム》なの？」

「そう。ライナスだがマイナスだか知らないけど、とにかく、シンドロームなの。感覚が普通じゃないのよ」

　すると、多少はシモンのことを知っているらしい友人の一人が、じっとりとした目でナタリーを見た。

「また、そういう根も葉もない噂を流して、よくもまあ、彼の従兄妹《いとこ》を名乗っていられるわよね。そのうち、絶縁されるわよ」

「すでに、半分されかけている」

「でしょうね」

「なんの権利があるのか知らないけど、あのお坊ちゃま、人の人生を弄《もてあそ》んでもいいと思っているのよ。身勝手で無慈悲で非道だから」

「……あのベルジュのことを、そこまでけちょんけちょんに貶《おとし》められるのは、世界中を捜しても、貴女をおいて他にないでしょうね」

　だが、ナタリーはケロリと反論する。

「あら、そうでもないわよ。彼のことを足蹴《あしげ》にできる男を、私、少なくとも一人は知っているもの」

　女性陣が目を丸くし、いっせいにナタリーを見た。

「ウソでしょう？」

「本当よ」

「その人、人間？」

「さあ？」

上を向いてちょっと考えたナタリーが、適当に答えた。

「もしかしたら、悪魔だったかも。――でも、辛うじて、尻尾《しっぽ》は生えていなかった気がする」

「――あ、そう」

呆れたらしい友人が、何かを払うように手を打ち振ってから、訊く。

「それはそうと、ナタリーは、あの麗しき従兄妹に対して、そもそも、何をそんなに怒っていたわけ？」

「ああ、それ！　その話がしたかったの！」

身を乗り出したナタリーが、ここぞとばかりに文句を並べたてる。

「信じられないことに、この週末は、彼、ロワールの城に戻るはずだから、途中まで車で送ってもらおうと思っていたのに、あの頭のネジが一本緩《ゆる》んじゃっているお坊ちゃんってば、今頃はロンドンだって言うじゃない。……なんだって、パリからロワールの城に戻るのに、ロンドンに寄る必要があるわけ？　――方向音痴も甚《はなは》だしい！」

「それは、きっと、方向音痴だからじゃなく、何か大切な用事があるからでしょう」

「そうよ。それに、ナタリー、貴女のことだから、送ってもらうと事前に約束していたわけじゃないんでしょう？」

「ない！」

　きっぱりと言い切ったナタリーが、「でも」と力説する。

「私は、そのつもりだったの！」

「はいはい」

「だけど、そういえば、ベルジュって、しょっちゅうロンドンに行くわよね」

「もしかして、留学時代にできた彼女とかいるのかしら？」

　結局、シモンの話に戻った友人たちが、興味津々な様子でナタリーに尋ねる。

「ねえ、ナタリー、貴女、ベルジュに彼女がいるかどうか、知らないの？」

「知らない。――でも、ロンドンに、お気に入りの空気清浄器があるのは、確かかね」

「空気清浄器？」

「そう。ナイアガラも真っ青っていうくらいのマイナスイオン発生機能がついているんだけど、私に言わせれば、毎週末、ロンドンまでヘリを飛ばすくらいなら、空気清浄器を百個買ってお城に置いたほうが、まだ経済的ってことよ。あれじゃあ、ただの、歩く地球温暖化だわ。迷惑以外の、なにものでもない」

　友人たちが、目を細めてナタリーを見た。

　そのうちの、一人が代表して言う。

「ナタリー。私たち、時々、貴女の言うことが、まったくわからなくなるの」

「へえ、そう?」

その時、彼女たちの隣のテーブルに、一人の男がやってきた。

背はそれほど高くないが、やたらとガタイのいい青年だ。ただ、さほど知的な感じはしないので、おそらく数いる学生の一人だろう。

気づいたナタリーの友人が、隣に座る仲間の肘をつついて囁いた。

「ね、あれ、マックス・ジークムントじゃない?」

「あら、ホント」

「マックス・ジークムント?」

繰《く》り返したナタリーは、そこで振り返り、かけていたサングラスを取って相手を眺める。蠱惑的《こわくてき》なモスグリーンの瞳が、その瞬間、露《あらわ》になった。

「へえ、あれが」

すると、会話についていけなかったらしい仲間の一人が、訊いた。

「それ、誰?」

「あら、知らないの?」

「動画サイトに、自分が主催した野外の乱交パーティーの様子をアップして、問題になった学生よ」

「あ、それなら知っている」

「でしょう?」

「有名だもの」

「裸体に、動物の毛皮みたいなのをまとっていたのよね」

「そうそう」

「でも、退学にならなかったんだ」

「噂では、彼、大学にけっこうなコネがあるみたい」

「ふうん」

　ひとしきり盛り上がったところで、誰かが話題を変えた。得てして、女性同士の会話というのは、着地点なく進んでいく。

「——話は変わるけど、パーティーといえば、来週末、ベルジュ家の城でパーティーがあるんでしょう?」

「あるわね」

　ナタリーが答えると、いちばん熱心なシモンのファンが、両手を合わせてうっとりと言った。

「いいわねえ。その招待状って、なんとか、手に入らないものかしら?」

「そんなの、無理に決まっているじゃない」

「そうそう。彼と私たちでは、住んでいる世界が違うのよ」

「そ。諦めなさい」

口々に友人たちが言い交わす中、ナタリーがストローを咥《くわ》えたまま、さらっとのたまった。

「招待状なら、うちの庭に埋まっているわよ」

友人たちの視線が、一気にナタリーに集中する。

「埋まっている？」

「ええ」

「また、ナタリーってば、すぐにからかう」

「そうよ。だいたい、なんで、招待状が埋まっているのよ。大根じゃあるまいし」

「知らないけど、なんなら、うちの庭を好きなだけ掘り返せば？」

すると、そんな女性陣の話が聞こえたのかどうか、こちらを見たジークムントが、軽く目を見開いて声をかけてきた。

「あれ、君、ナタリー・ド・ピジョンだろう？」

振り向いたナタリーが、つっけんどんに言い返した。

「そうだけど、お知り合いでしたっけ？」

「いや。こっちが勝手に知っているだけだよ。……でも、会えて光栄だな」

「光栄？　——なぜ？」

「それはもちろん、名高き魔女の女王たる君に——」

だが、みなまで言わせず、チラッと友人の一人と目を見かわしたナタリーが、蔑《さげす》むような視線を向けて「失礼だけど」と言い放った。

「貴方《あなた》、バッカじゃないの。もしかして、ゲームオタク？　——でも、現実に魔女なんてものは存在しないのよ。魔女に会いたければ、今すぐ、部屋に戻って、なんでもいいからゲームのスイッチをオンにすることね。そうすれば、魔女だろうが、賢者だろうが、カチカチ山のタヌキだろうが、好きなものと話せるわよ」

だが、相手は、怯《ひる》んだ様子もなく野卑《やひ》な笑いを浮かべて応じた。

「隠さなくてもいいさ。俺は、あんたが魔女だって知っているし、あんたのお仲間も、あるパーティーにお誘いしてある」

「パーティー？」

胡散《うさん》臭そうに繰り返したナタリーに、「そう」と頷いたジークムントが、顔を近づけて教える。

「実は、この週末、中南部の山岳地帯のある場所で、悪魔降臨の集会をすることになっているんだよ。……それで、もし興味があれば、君も、ぜひ一緒にどうかと思って。素晴らしい夜になるのは、請け合いだぜ」

目を伏せて話を聞いていたナタリーが、伏せた目のまま冷たく返す。

「残念だけど、貴方の低俗なパーティーに興味はないわ。――魔女でもないし」

「へえ。それは、本当に残念だ。――ま、気が変わったら、メールして」

連絡先が書いてある名刺を押しつけてジークムントが去ったあと、彼女たちの座るテーブルでは、当然、今しがたの会話が話題になる。

「なに、今の」

「やっぱり、あの人、ちょっと変なのね」

「そりゃ、そうでしょう。あんなことするくらいだもん」

「でも、ナタリーを『魔女』呼ばわりって、いくらなんでも失礼すぎない？」

「あら。そうかしら？」

「違う？」

「だって、それはなんとなくわからないでもないわよ」

ナタリーが、発言者を見て問い質《ただ》す。

「なんで、わからなくもないわけ？」

「そりゃ、ナタリーって、このとおり、蠱惑的で傲慢《ごうまん》で怖いものなしで、まさに『魔女』そのものじゃない」

「……あら」

にっこり笑ったナタリーが、「それって」と言う。

「誉めてないわね」

「え、そう？」

すると、先ほどからナタリーと目を見かわしていた友人の一人が、「まあまあ」と間に割って入った。

「少なくとも、ナタリーが『聖女』じゃないのは、私も認めるわ」

「ほら、カトリーヌも、こう言っている」

「それはどうも。いい友達を持って、私、とっても幸せだわ」

それからほどなくして、午後の授業が残っている友人たちが去り、ナタリーとカトリーヌだけになったところで、氷の解けかけたアイスコーヒーを口にしたナタリーが、人混みのほうへ視線をやったまま呟いた。

「……どうやら、近くに口の軽い魔女がいるみたい」

「ええ。自分のことならともかく、仲間のことは、助けが必要な時以外、やたらと口にしてはいけないはずなのに」

同意したカトリーヌが、薄茶色の瞳を光らせて続ける。

「困ったものね」

「確かに、困ったものだわ」

「まあ、約定どおりなら、口の軽い魔女には、口が重くなるような裁きが下されるでしょうけど」

「そうね。気の毒だけど、そうなるでしょうねえ」

そんな囁き声が漂うテーブルの周囲では、週末を前にして浮かれた様子の学生たちが、にぎやかに往来していた。

4

土曜日の夜。

のどかなオーヴェルニュ地方の山間部を、二台のワゴン車が連なって走っていた。夜道だというのに、かなりのスピードが出ている。

どちらも、乗っているのは十代後半から二十代前半の若者たちであるようだ。

そのうちの一台では、三列ある座席の真ん中に座る女の子たちが、ビールの缶を片手に嬌声《きょうせい》をあげて騒いでいた。

濃い化粧に、ピアス。

髪は、金色に脱色している。

「すごいわ、マックス！」

「貴方って、最高」

言いながら、彼女たちが身を寄せているのは、茶色い光沢のある大きな毛皮だ。

「う〜ん、気持ちいい肌触り」

「素敵よねえ」

「本当に、手に入れちゃうなんて」

するると、後部座席にいる男が、ちょっとしかめ面をして言葉をはさんだ。

「でも、そんなもん、盗んじまって、大丈夫なのかよ？」

それに対し、運転席から答えが返る。

「安心しろ。盗んじゃいない。ちょっと拝借しただけだよ。なに、明け方までには、きちんと返すさ」

すると、二人のやり取りを聞いていた女の子たちが、「やあねえ」と笑いさざめく。

「フィリップってば、ホント、真面目《まじめ》なんだから」

「こんなもの、なくなってたって、誰も気にしやしないわよ」

「そうそう」

「そんなことより、私、早く、魔王に会いたいわ」

「私も。想像しただけで、ゾクゾクしちゃう」

そんな彼らの行く手には、稜線《りょうせん》を超えた空の高みに、やけに大きな満月が顔を覗《のぞ》かせていた。

気づいた女の子の一人が、毛皮を放して運転席のほうに身を乗り出す。

「ねえ、見て！　すごい月」

「ホントだ！」

もう一人の女の子も、同じように毛皮を放して身を乗り出した。

「きれいね」

「ええ、とっても」

うっとりと言い合う二人の顔にも、月の光が落ちかかる。その光は車内の奥深くに入り込み、彼女たちが手放した毛皮の表面にも降り注いだ。

皓々《こうこう》と冷たい光。

と――。

青白い月の光に当たった毛皮の表面が、小さくザワザワッと蠢《うごめ》いた。それはまるで、生きた獣が、身震いしたような動きであった。

だが、満月に気を取られていたせいで、彼女たちは、その小さな異変に気づかない。

助手席の背もたれに背後から頭をもたせかけていた女の子の一人が、満月に魅入られながら告げる。

「ねえ、知ってた？」

「なに？」

「あるアメリカの精神科医が出した統計では、満月の晩って、他の月齢に比べて、殺人事件の起きる確率が高いんですって」

「そうなの？」

興味を惹かれたように相槌を打った女の子に対し、もう一人が続ける。

「それでなくても、病院関係者や警察関係者、救急隊員などの間では、トラブルの発生が頻繁に起こるのは、満月の夜だという暗黙の了解が存在するんだとかって」

「へえ。――もし、それが本当なら、人狼《じんろう》伝説もあながち嘘《うそ》とはいえないじゃない」

「そうね」

「それって、やっぱり、月にはそんな力があるってことなのね？」

「そうでしょう。その精神科医は、月の引力が海の満ち引きに影響を与えるように、人間が体内に持っている水分にも影響を及ぼすと言っていたし」

「素敵！　それなら、マックスも、今夜は、満月の力を借りて、本物の野獣に変身するのかしら？」

「するんじゃない？」

するると、名指しされたマックスが、唇をなめながら応じる。

「ご期待に添えるようがんばるよ。――でも、さすがは魔女。月の魔力に詳しい」

「まあね」

すると、もう一人の女の子が、横を向いてびっくりする。

「え、バルバラって、魔女なの？」

「ええ」

あっさり肯定され、彼女はさらに目を見開く。

「すごいじゃない。――でも、魔女って、どうやってなるの？」

「なるもなにも、別に資格とかがあるわけじゃないから。ただ、女学校時代に、いろいろな魔術を、実践で学んだってだけのことよ」

「つまり、バルバラは、魔法が使えるの？」

言いながら、女の子は、指先をピラピラと動かした。

それが、まるで映画や漫画の世界の魔女を想定しているように感じたバルバラが、ケラケラと笑って応じる。

「勘違いしないでちょうだい。魔法っていっても、指先からビームが出たりするわけじゃないんだから」

「……ああ、そっか」

ちょっと残念そうに受けた女の子が、「それなら」と尋ねる。

「たとえば、どんな魔法が使えるの？」

「それは、人に悪夢を見させたり、欲しいものが手に入るようにしたり」

「媚薬《びやく》も作るんだろう？」

運転席から突っ込んできたマックスの言葉に対し、淡い緑色の瞳をあでやかに細めたバルバラが、「そうよ」と認めて、相手の首筋に指を滑らせた。

「……よければ、あとで試してみる？」

「いいね。魔王も喜ぶ」

「わあ。楽しそう。私も交ぜて！」

アルコールの酔いも手伝い、かなりハイテンションな盛り上がりを見せながら、彼らを乗せた車は享楽の待つ場所を目指し、夜の道をひた走っていった。

5

数時間後。

山間《やまあい》にある廃墟《はいきょ》では、小さなたき火が焚《た》かれ、そのそばで、数人の男女が妖《あや》しく戯《たわむ》れていた。かつて教会でもあったのか、そこは、身廊《しんろう》や祭壇らしき石組みの基礎部分が残る、天井のない開けた空間となっている。剝《む》き出しの石柱が、月明かりを浴びて、長く影を伸ばす。

酒瓶を倒す音に、女性の甲高い声が被った。

その様子は、どう見ても、若者たちの享楽の場である。

あちこちで、重なり合う人影。

男女で睦《むつ》み合う人たちもいれば、数人が入り乱れ、男女関係なく戯れ合っている者たちもいる。その間を行き来する足取りは、完全にふらついていて、何を言うにも呂律《ろれつ》が回っていない。

この光景を親が見たら、さぞかし嘆かわしく思うだろう。

そんな集団から少し離れた祭壇の陰では、別の一組が、先ほどから激しく互いを貪《むさぼ》り合っていた。

荒い息遣い。

嬌声が、高らかに夜の静けさを引き裂く。

「……そこ、ああっ。……いいわ、マックス！　……もっと」

月明かりが射し込み、そんな二人の姿を鮮明に映し出す。

男が被っている光沢のある茶色い熊皮がうねうねと蠢き、それに合わせて、下にいる白い肢体が大きくしなった。

「ああっ……あああああっ」

ひときわ大きな嬌声をあげた女が大地にひれ伏したあとも、男の動きは、止まる気配がない。まるで、熊皮と一体化してしまったかのように、彼の動きに合わせ、表面の毛が揺れ動く。

気だるげに顔をもたげたバルバラが、言った。

「ねえ、マックス。——いいえ、熊の姿をした魔王さま。今の、とてもよかったけど、ちょっと休みましょう。体力がもたないわ」

だが、それに対する返事はない。

ただ、月明かりに照らされた熊皮の表面がザワザワとざわつき、獣のような声が内側から漏れるだけだった。

グルルルッ……。

何かが、変だった。

そこに潜《ひそ》む、怪しい気配――。

熊皮の陰で、二つの目が緑色に光る。

グルルル……。

だが、体力を消耗しきっているバルバラは、相手の異変に気づかなかった。

気づかずに、訊く。

「え？　……なに、マックス。よく聞こえない」

言いながら、億劫げに体勢を変えようとした彼女の肩に、次の瞬間、脳を焼くような激痛が走った。

「痛ッ！」

肩を押さえたバルバラが、文句を言う。

「ちょっと、痛いじゃない、マックス。熊の爪《つめ》が引っかかっ――」

だが、その言葉が終わるか終わらないかのうちに、彼女の白い裸体の上に、さらなる強烈な一撃が振りおろされた。

ガシッと。

真っ黒い鉤爪《かぎづめ》が食い込み、そのまま引き裂くように動かされる。

飛び散る血しぶき。

「ギャアアアアアアアアアアア！」

絶叫が、バルバラの口から零《こぼ》れ落ちた。

その声に驚いた仲間たちが、身体《からだ》を起こし、声のしたほうを見る。

「……なに、今の？」

「バルバラ？」

だが、享楽に耽《ふけ》っていて正常な感覚が薄れてしまっている彼らの反応は、鈍い。

「ちょっと、バルバラ。激しすぎない？」

「媚薬が効きすぎってか」

そこで、彼らは笑う。

野卑な笑いだ。

その間も、バルバラの悲鳴は続き、ピチャピチャという音が響いてくる。それに続いて骨を砕くようなゴリゴリとした音も――。

そこに至って、ようやく何か変だと思い始めた彼らの間で、享楽的な雰囲気が一気に萎《しぼ》んでいく。

「――ねえ、バルバラ、大丈夫？」

「何があった？」

「おい、マックス。お前、何をしたんだよ？」

車の中で「フィリップ」と呼ばれていた青年が、上半身裸のまま、二人のほうに近づいていく。

その足が、あと数歩のところでズルッと滑った。

「うわ！」

悲鳴をあげた彼は、足下を濡《ぬ》らす黒々とした液体に気づくと、もう一度、「わっ」と悲鳴をあげて飛び退《の》いた。

「なんだ、これ？」

それが血溜まりであることに気づかないまま、少し大回りしたフィリップが祭壇の陰を覗き込む。

とたん。

暗がりから起き上がった茶色い塊が、ぬらぬらと表面がぬめった身体を反転させ、驚くべき敏捷《びんしょう》さでもって、廃墟の向こうへと消え去った。

そのスピードたるや、尋常ではない。

「――――！」

とっさに声をあげることもできなかったフィリップが、その場で凍りつく。

しばらくして、つめていた息を吐き出した彼は、獣のようなものが消え去った暗がりを見つめて呟いた。

「……あれは、熊か？」

それから、ゆっくりと視線をおろした彼は、そこに残されていたものを目にして、今度こそ、喉の奥から絶叫する。

「ぎゃあああああああああああああああああっ‼」

そこに、あったもの――。

それは、顔だけは辛うじて原形をとどめた、かつてバルバラであったものの血と肉と骨の残骸《ざんがい》だった。

第二章　届かなかった招待状

1

翌週。

午前中の授業がもうすぐ終わろうかという時間帯に、人けのないロンドン大学の図書館を、一人の青年が歩いていた。

静まり返った書架《しょか》の前を、滑るような動きで通り抜けていく。

まさに、一陣の風が吹き過ぎるがごとき、軽やかさである。

実際、書架から書架へと抜けていく際、長い薄手のコートの裾《すそ》が翻《ひるがえ》るさまが、黒いつむじ風を思わせる。

学生が少ないうちに書架の整理をしてしまおうと、台車に大量の本を載せて歩き回っている司書が、鼻眼鏡《はなめがね》をあげて背表紙を見ている隙《すき》に、スッとそばを通り過ぎ、青年は奥まった書架の前まで来て、ようやく足を止めた。

あたりを埋め尽くす圧倒されるほどの蔵書の数々。

だが、その量の多さに辟易《へきえき》した様子もなく、青年は、目の前の棚《たな》をザッと見回し、すぐさま目当ての本を見つけ出すと、背表紙に指先を当てて引き出した。

パラパラとページをめくり始めた直後、その本に挟まれていた一通の封筒が、彼の目に飛び込んでくる。厚い紙質が、いかにも高級そうな封筒だ。しかも、封蠟《ふうろう》が施《ほどこ》され、複雑な図柄の紋章が刻印されている。

それを見た青年は、口の端でうっすらと笑うと、その封筒が挟んであったページに、別の封筒を差し込み、本を元の位置に戻した。

それから、踵《きびす》を返して歩き出す。

ちょうど、彼の頭上で、授業の終了を知らせる音が鳴り響いたところだった。

2

金曜日のお昼前。

ユウリは、教室を出ながら携帯電話を取り出した。

普段、あまり携帯電話を手にしない彼にしては珍しい行動であるのだが、このあと、フランスに向かうのに、友人から連絡が入っているのではないかと思ったからだ。

案の定、一件、メールの着信がある。

だが、それは、想定していた高雅な友人からではなく、彼の双子の妹たちから送られてきたメールだった。

「マリエンヌとシャルロットから……？」

意外に思ったユウリが、ひとまずメールを開いてみると、それは、この週末、ベルジュ家の城で催される二人の誕生日会への招待状への招待状であるようだった。

立ち止まったユウリが、思わずひとりごちる。

「……ああ、そうか。招待状ね」

すっかり失念していたが、先週、シモンもその話をしていた。さすがに、ベルジュ家のパーティーともなれば、きちんとした招待状がないと、出席できないらしい。

ベルジュ家の長男であるシモンが、「ユウリは顔パスだから」と言ってくれたのを鵜呑《うの》みにしていたわけではないが、そんなものが必要なんだという社交的な常識を忘れかけていたユウリは、自分の甘さを実感しつつ、メールを読み進める。

招待状が必要なのは理解したが、それにしても、「招待状への招待状」とは、またどういうことなのか。

（もしかして）

ユウリは、真剣に悩む。

招待状を受け取るために、さらに招待状がいるというのが、フランスの社交界では正式なマナーなのだろうか――？

だが。

（そんな話、さすがに聞いたことがないなあ）

いちおう、ユウリも、貴族の子息として、それなりに社交上の知識を持っているつもりだが、複雑な上流階級のお付き合いには、今もって慣れない。しかも、相手がベルジュ家ほどの名門となると、まだまだユウリの知らないことのほうが多いのかもしれない。

そんなバカみたいなことまで考えたユウリであったが、どうやら、メールの内容を読む限り、これは、単に、マリエンヌとシャルロットが、最近気に入っているという「宝探し」の延長であるようだ。

なぜなら、挨拶《あいさつ》や簡単な近況報告のあと、メールには、「招待状」としてこう書いてあったからだ。

親愛なるユウリ・フォーダム様

このたび、ロワールの城で開催される私たちのお誕生日会に来ていただきたく、招待状をお送りすることになりました。

つきましては、下記のヒントをもとに、隠されている招待状を見つけて、無事、お祝いの席に駆《か》けつけてください。

家族一同、お会いできるのを楽しみにしてます。


貴方《あなた》を心から愛する双子のマリエンヌとシャルロットより

「――なるほど」

読み終わったメールから顔をあげ、ユウリは「う～ん」と小さく唸《うな》った。

どうやら、「天使」と称される双子の誕生日を祝うには、姫を求めて冒険に乗り出す王子のごとく、茨《いばら》の道を乗り越えなくてはいけないらしい。

「これは、ちょっと大変かも」

なんといっても、ユウリは、このあと、シモンと連絡を取り合い、午後にはロワールの城に向かうことになっている。

おそらく、このことをシモンに伝えれば、言下に「無視していいよ」と言われてしまうだろうが、それでは、張りきって計画したマリエンヌとシャルロットがかわいそうだ。

となると、ユウリは、シモンと連絡を取る前に、なんとしても、招待状を手に入れなければならない。

つまり、昼食抜きで、招待状探しだ。

そこで、まず、一緒にお昼を食べる約束をしていた友人のアーサー・オニールにメールでキャンセルを申し入れ、すぐに招待状を探しに行くことにする。

ちなみに、双子からのメールには一枚の写真が添付されていて、そこに、本の間に挟まれた招待状が写っている。

（これって、たぶん、ロンドン大学の図書館だよな……）

背景から見当をつけるものの、一口に大学の図書館といっても、広い。

しかも、およそ三百万冊と推定される豊富なロンドン大学の蔵書の中から、たった一冊の本を探しだすのは、まさに砂浜から米粒を拾うようなものである。

（他に、ヒントらしいものといえば……）

ユウリは、外に出たところで、空いていたベンチに腰かけ、パソコンを取り出した。

立ち上げている間に、添付されていた写真を転送し、パソコン画面で拡大する。

さらに、招待状の背後に写りこんでいる書架の部分を拡大すると、そこに並んでいる本のタイトルを、辛うじて判別することができた。

そのうちの一つ、隣が抜き取られて空間ができているところにある本のタイトルは、

『キリギリスでなにが悪い⁉』だった。

ユウリが、口中で呟《つぶや》く。

「いったい、なんの本だろう……」

それが、小説のタイトルなのか、実用書のタイトルなのか、はたまた学術書のタイトルなのか、さっぱりわからないまま、今度は、大学の構内ネットに接続し、図書館の蔵書検索にそのタイトルをかけてみた。

すぐに、正式なタイトルと書架の番号が表示される。

それによると、タイトルは、『キリギリスでなにが悪い⁉』で、サブタイトルとして「アリの行動生態学に見る社会構築の方法と文化の発展形態」とあった。それで、どうやら小説の類《たぐ》いではないというのはわかったが、依然として、それが「昆虫生態学」の本なのか「社会科学」の本なのかは、わからない。わからないが、ユウリはパソコンを閉じ

て、鞄《かばん》にしまう。

正直、その本の内容などどうでもよく、知りたいのは、その隣にできている空間に収まっていたはずの本のことだった。そこに、招待状が挟まれているはずである。

ユウリは、荷物をまとめて、図書館に向かう。

大学の図書館は、いつ来ても、落ち着きのある静けさに包まれていた。

リュックを肩にかけたユウリは、先ほど調べた番号をもとに、書架の間を、ゆっくりと歩いていく。

やがて、辿《たど》り着いた奥の書架に、目当ての本はあった。

『キリギリスでなにが悪い⁉』——だ。

ただし、招待状が挟まっているのはその隣の本のはずで、ユウリは、『キリギリスでなにが悪い⁉』の隣にある本の背表紙に指先をかけて取り出す。

招待状は、すぐに見つかった。

ユウリは、挟んであった封筒を取ると、本を書架に戻して開封する。中には、手紙とユーロスターのチケットが入っていた。その手紙には、タイプされた英字で、こう書いてある。


パリ、北駅で待つ。

携帯電話の電源は切っておくこと。

急げ。

そこに書かれていた内容は、想像していたものとかなり違った。見た目もそうだが、文章が、かなり殺伐としている。

読み終わったユウリは、その場で首を傾《かし》げた。

「……これが、招待状？」

むしろ、指令書と言ったほうがよさそうな内容だ。それに、携帯電話の電源を切っておけというのは、かなり意表をついた指示である。

なんとも不思議に思うが、どっちにしろ、シモンとは北駅で待ち合わせるはずだったので、もしかしたら、それを踏まえてのことかもしれないと思い直す。

そこで、携帯電話の電源を切ったユウリは、指示に従ってパリの北駅に行くため、まずはユーロスターの発着駅であるセント・パンクラス駅に向かった。

3

ユウリが、図書館にいる頃。

同じロンドン大学のカフェテリアでは、アーサー・オニールが、スマートフォンをテーブルに戻しながら、我知らず、深い溜《た》め息をついていた。

金曜の午後の浮かれたざわめきすら、もの憂げに感じさせる残念なメール。

本来なら溢《あふ》れんばかりの輝かしさを持つ彼も、この瞬間だけは、どこか影を帯びた存在と化した。ただ、今を時めく若手俳優として容姿から服装まですべてが洗練されたオニールであれば、そんな表情すら女心を刺激する。

燃えるような赤い髪。

甘く整った顔。

オニールというのは、まさに、人に注目される人生を送るべくして生まれてきたような人間だった。

そんな従兄妹《いとこ》に対し、テーブルを挟んで向かいに座っていたユマ・コーエンが、頰杖《ほおづえ》をついて訊《き》く。

「その様子だと、もしかして、ユウリはドタキャン？」

その際、灰色がかった緑色の瞳《ひとみ》が、からかいの色を浮かべて相手の顔に注《そそ》がれる。

オニールが若手俳優として名を馳《は》せているのに対し、ユマはユマで、やはり劇団の看板女優として、注目される存在だった。しかも、オニールが、若干《じゃっかん》、その見た目に重きを置かれるのに対し、ユマは、まさに演技派女優として名をあげている。

ユマの場合、顔立ちという点で、決して「美少女」に分類されるほどではないからなのだが、その代わり、底光りする灰色がかった緑色の瞳は蠱惑的《こわくてき》で、見る者を惹《ひ》きつけてやまない。それに加え、細く長い手足が作り出す動作のすべてが、人の目を引き寄せる魔力をはらんでいた。

そんな彼女のファンは、男女の比が半々というところである。

オニールが、億劫《おっくう》そうに従兄妹を見て訊き返す。

「そうだけど、なんでわかるんだ？」

「そりゃ、アーサーがそんな顔をするのは、『ハムレット』を演じている時か、でなければ、ユウリとの約束が反故《ほご》にされた時くらいだもの。──ね、リズ？」

最後は、隣に座る友人に向けて発せられた確認だ。

「リズ」こと、エリザベス・グリーンが、ストローでアイスコーヒーをつつきながら、

「そうね」と同意する。

オニールとユマが、名実ともに今を時めくスターであるとしたら、エリザベスは、まっ

たき素人だ。

養護施設出身の彼女は、その将来性を買われてグリーン家の養女となった今も、昔と変わらない質素な生活を心がけ、弁護士になるための努力を日々怠らない。

つまり、正真正銘、一般の大学生である。

だが、周囲の人間は、そう思っていない。

ユマの女優仲間かファッションモデル。そうでなくても、雑誌のモデルかカットモデルくらいはやっているだろうと見られがちだ。

そう思われてしまう一番の理由は、トップクラスの芸能人と一緒にいて、なんら違和感がないほど、目立つ容姿をしているからだ。

金髪にエメラルドグリーンの瞳。

目鼻立ちのはっきりした小ぶりな顔は、少々きつめではあるが、芸能人のユマですらかすむほどの美しさである。

おかげで、ユマやオニールのまわりにいる芸能関係者から何度も芸能界入りを持ちかけられているのだが、まったく興味のない彼女は、丁重《ていちょう》に断っていた。

彼女の夢は、ただ一つ。

弁護士になって、彼女のような境遇に育った子供たちを、法的に守ることだった。

エリザベスが続ける。

「もっとも、ユウリが来ないのは、私もすごく残念よ。ここのところ、まともに話せてないし」

　言いながら、エメラルドグリーンの瞳が、咎《とが》めるようにオニールに向けられる。

　エリザベスは、天下のアーサー・オニールを前にしても、ときめきなどいっさいなく、むしろ、謙虚で人のいいユウリのことを、異性として好ましく思っている。

　それは、看板女優であるユマも同じで、友人の言葉に「確かに」と深く頷《うなず》いた。

「アーサーってば、日を追うごとに、ユウリへの独占欲がひどくなっているわよね。いい加減にしないと、そろそろパパラッチがユウリのことを追いかけ始めるわよ」

「ああ、そうかもしれない。そのことは、この前、マネージャーにも注意されたよ」

　素直に認めたオニールだが、すぐに「でも」と反論した。

「だからって、そのことをベルジュに告げ口するのは、どうかと思うぞ」

「あら、バレた」

「バレるさ。――だいたい僕とユウリのことは、ベルジュには関係ないだろう」

「冗談。関係は、大ありでしょう」

　エリザベスが言い返す。

「なんといっても、ベルジュは、ユウリの最大にして堅固な庇護者《ひごしゃ》なんだから」

「だから、なんで、僕とユウリのことで、あいつがユウリを庇護する立場になるのかってことを――」

だが、オニールの憤懣《ふんまん》に満ちた反撃は、そこに割って入った第三者の声によって中断される。

「オニール」

三人が同時に振り返ると、テーブルの脇《わき》に見慣れない青年が立っていた。

ひょろりとした身体《からだ》に、布鞄を斜め掛けしている様子からして、学生の一人であるのは間違いなさそうだ。

青年は、振り向いたオニールの鼻先に、一通の封筒を突きつけて言った。

「これ、あんたに渡してくれって」

「僕に?」

とっさに受け取ったオニールは、封筒をひっくり返しながら尋ねる。

「宛名《あてな》も差出人もないようだけど、誰から?」

「知らない。カフェの入り口で頼まれたんだ」

「知らないねえ……」

そこで、軽く眉《まゆ》をひそめたオニールが、確認する。

「ちなみに、僕と君は知り合いだっけ?」

「違うけど、こっちはあんたを知っている。なんといっても、有名人だからね。学内で知らない人間なんていないだろう」

　確かにそうだ。

　つまらなそうに肩をすくめたオニールの前で、ユマが言う。

「ファンレターじゃないの？」

「でも、そのわりに、紙質の高級感が半端じゃないんだよなあ。……それに、封蠟までしてあるし」

「封蠟？」

「うん」

　そこで、配達人である青年が付け足した。

「ちなみに、頼んだのは、男だった」

「男？」

　そこで、封筒から青年に視線を移したオニールが訊く。

「どんな？」

「黒縁の眼鏡をかけた黒髪の男。……学生にしちゃあ、威圧感があるというか、妙に落ち着いた感じがしたから、大学関係者かもしれない」

「大学関係者が、なんで僕に手紙を？」

「さあ」

肩をすくめた青年が、どうでもよさそうに続ける。

「とにかく、渡したから」

「……ああ。ありがとう」

いちおう礼を述べたオニールだが、こんな怪しい手紙を渡されたところで、ありがたくもなんともない。むしろ、ありがた迷惑だ。

青年が去ったあとも不審げに封筒をひっくり返したりして眺《なが》めていたオニールが、ややあって「あれ？」と声をあげた。

「――これ、ベルジュ家の紋章じゃないか」

「え、本当に？」

「ああ。僕も、最近知ったんだけど、たぶん、間違いない」

「へえ」

感心したように相槌《あいづち》を打ったユマが、続ける。

「――っていうか、紋章があるような家の人なのね、ベルジュって。もちろん、わかっていたけど、実際には、わかっていなかった気がする」

オニールが、おもしろそうにユマを見た。

というのも、同じような想いを、彼自身、ちょっと前に抱《いだ》いたばかりだからだ。

オニールとシモンは、パブリックスクール時代、それぞれ、所属していた寮の筆頭代表として、全校生徒の頂点ともいうべき「生徒自治会執行部総長《スチューデントソサエティ》」の座を争い、選挙後は――正確には、選挙中からだが――、協力し合った仲である。

　そんな付き合いの中、全寮制で、会おうと思えばすぐに会うことができるという環境もあって、シモンの出自は知っていても、あまり相手の家柄を意識することはなかった。

だが、卒業し、たまにビジネスを交えた付き合いもするようになった今、契約書などのやり取りをする時などにシモンから送られてくる封書や書類の数々はすべて、ベルジュ家の紋章入りの特注品で、そういうものを目にするようになって初めて、シモンの家柄というのを意識するようになったのだ。

　ユマが訊く。

「でも、なんで、ベルジュ家の紋章入りの封筒が、アーサーに届くの？」

「それは、僕にも、さっぱりわからない」

従兄妹《いとこ》同士が封筒を前にして話していると、コーヒーを飲んでいたエリザベスが面倒くさそうに口をはさんだ。

「考えてないで、開けてみればいいじゃない。『オニールに渡して』と頼まれたものなんだから、開封したところで、罪には問われないわよ」

「確かに」

　同意したオニールが、鞄から鋏《はさみ》を取り出して開封する。

中から出てきたのは、招待状だ。

しかも、その宛名は――。

オニールが、驚いたように言う。

「これ、ユウリ宛ての招待状だぞ」

「あら、本当」

身を乗り出し、さかさまのまま覗き込んだユマが続ける。

「もしかして、例の、今週末、ベルジュの家でやるっていう妹さんたちの誕生日会の招待状じゃなくて？」

「そうみたいだな」

それに対し、エリザベスが首を傾げて訊いた。

「でも、ユウリは、もうパリに向かっているんじゃないの？」

「それは、わからない。さっきのメールでは、急用ができたから、昼飯はパスするっていうことだったから」

「それなら、まだ近くにいるのかしら？」

「それに、そもそも、お誕生日会に出席するのに、この招待状がないと困るんじゃないの？」

ユマとエリザベスの意見に対し、スマートフォンを取り上げながらオニールが応じる。

「まあ、ベルジュとユウリの親密さからして、招待状くらいなくても困ることはないだろうけど、いちおう、ユウリに連絡してみるよ」

言った時には、もう電話をかけていた。

だが、通じない。

「ダメだ。繋《つな》がらない。電源を切っているらしい」

そこで、オニールは画面を操作して、別の番号に電話をかける。

こっちは、すぐに繋がった。

三コールのあと、相も変わらず品のよい柔らかなフランス語で応答がある。

「アロー」

4

それより、少し前。

パリ大学にいたシモンは、いつもより長引いた授業が終わってすぐ、席を立ちながらスマートフォンを取り出してメールの着信を確認した。いくつか入っていたメールはひとまず無視し、目当ての人物の名前を探すが、見つからない。

そこで、教室を出ながら、こちらから電話をかける。

だが、なぜか、繋がらない。

ユウリが、日頃、携帯電話をほったらかしにしているのは有名な話だが、今日のように前もって約束をしている時は、連絡を滞らせないよう、むしろ、まめにチェックしてくれる。

だから、電源を切っているということはありえないし、連絡がつかないことも稀《まれ》だ。

もしかして、たまたま電波の届かないところにいるのだろうか。

そう思い、もう一度かけ直そうとしたところで、シモンは横合いから声をかけられた。

「シモン!」

振り向くまでもない。

かすかに鼻にかかったような独特の声質は、シモンのお騒がせな従兄妹であるナタリーのものだ。

それがわかったものの、答えるのが億劫だったシモンは、無視して、そのまま歩き過ぎようとした。だが、相手が相手であれば、そんなことが許されるはずもなく、ハイヒールの音を高らかに響かせながら近づいてきたナタリーが、シモンの腕をグイッと引っぱり、強引に引き戻した。

高貴で近寄りがたいシモンに対し、そんな暴挙に出られるのは、ナタリーくらいのものだろう。貴公子の優美な姿を遠巻きに追っていた女学生たちが、その振る舞いに驚き、ついで、眉をつり上げる。

そこに渦《うず》巻く殺気――。

だが、もちろん、そんなこと、ナタリーはこれっぽっちも気にしない。

たとえ、天使に睨《にら》まれようが、地獄の獄卒《ごくそつ》や死神に目をつけられようが、やりたいことをやるのが、ナタリー・ド・ピジョンという女性だ。

そして、そんなナタリーの目下の用事は、従兄妹をつかまえることにあった。

「だから、シモン、声をかけているのに、なぜ、無視するの？」

腕を摑《つか》んだまま、顔を近づけて文句を言ったナタリーを見おろし、シモンが金色の前髪を梳《す》き上げながら応じる。

「それはもちろん、君と話したくないからだよ」

「あら、どうして?」

「どうしても」

「ああ、もしかして、美女と話すのは照れくさい?」

どうしたら、そこまで前向きになれるのか。

呆《あき》れたように天を仰いだシモンが、告げる。

「そうじゃなく、強いて言うなら、経験則だろうね」

「経験則?」

「そう。君と話をすると、そのあと、ロクなことにならないというのを、経験として学んでいるんだ」

「まあ。爺《じじ》くさい」

(爺くさい……?)

いったい、なぜ、そんな発想になるのか。

不思議に思って、シモンが訊き返す。

「どこが」

「だって、若者なら、失敗なんか恐れずに、ひたすら突き進むものだもの。エジソンだって言っているわ。失敗は、成功の父って。……母だったかしら。……まあ、どっちでもいいわね。いっそ、おばあさんでもおじいさんでも構わないし、とにかく、私が言いたいのは、若いんだから、経験なんかに縛られてちゃ、ダメってこと。少年よ、大志を抱け！」

彼方《かなた》を指して言い切った従兄妹を、シモンはあっさり見捨てる。

置きざりにして歩き出したシモンを、「あ、ちょっと待ちなさいよ！」と言いながら、ナタリーが追いかけ、背後から用件を伝えた。

「――それはそうと、シモン。今週こそは、これからロワールに戻るのよね？」

「ああ」

「車？」

「そうだよ」

「なら、乗っけてって」

「嫌だよ」

言下に断ったシモンを、ナタリーが懐柔《かいじゅう》する。

「やあねえ。従兄妹に対し、そんな冷たいことを言うもんじゃないわよ。だいたい、ガソリンを燃やして移動するなら、空席を作らないほうがエコってものじゃない」

「そうだとしても、君は乗せない」

「なんで？」

「意味もなく、事故に遭いそうだからだよ。それに、僕は寄るところがあるんだ」

そう言って、スマートフォンを耳元に持っていったシモンが、それをすぐに戻した。どうやら、電話をかけたものの、繋がらなかったようだ。

その隙に、ナタリーが突っ込む。

「寄るところって？」

「北駅」

「もしかして、ユウリ？」

シモンが、チラッとナタリーの顔を見る。わずかに悩んだあと、頷いた。

「そうだよ。これから連絡を取るんだけど、ユウリに北駅まで来てもらい、一緒にロワールに戻るつもりなんだ」

「へえ」

そこで、マニキュアがきれいに塗られた指先を振り、ナタリーが言う。

「なら、私も付き合うわよ。ユウリに会えるのは嬉《うれ》しいし、道中、人数が多いほうが楽しいでしょう？」

とっさに断ろうと口を開きかけたシモンであるが、実際、ユウリはナタリーのことを気に入っているし、ユウリと連絡が取れるまで、どこかでナタリーとお茶をして過ごすというのは、悪くない選択肢だった。

もちろん、本来なら、本でも読みながらゆっくりしたほうがはるかに有意義であるのだが、期せずしてユウリと連絡が取れなくなっている今、シモンの中にそんな余裕はない。その点、適当に話を聞き流せるナタリーの相手をするというのは、ちょうどよい時間潰《つぶ》しになる。

そこで、ひとまず、ナタリーと近くのカフェに落ち着いたシモンは、ユウリにメールを打ち、連絡を待つことにした。ゆったりと椅子《いす》にもたれかかり、カフェオレをすすりながら、カルティエ・ラタンの風景を眺める。

だが、もちろん思いは、ここではない、彼方へと飛んでいた。

そんな彼の前では、パクパクと気持ちよく食べ物を片づけていくナタリーが、いつ、その暇があるのかというくらい、ひっきりなしにしゃべっている。

女性というのは、なぜ、こうも取りとめのない話を、次から次へとできるのか。脳科学者や心理学者は、男と女では脳の作りが違うからだと説明しているが、シモンにとって、ナタリーの結末知らずの話題の移り変わりは、ただただ、驚異でしかない。

そして、気づけば、ナタリーの話し声は、シモンの耳に自然界の雑音のように溶け込んで聞こえなくなっていった。

だから、たまに質問された時など、聞き取れず、思わず訊き返してしまう。

今も、それまで脳の知覚機能を経由せずに流れ去っていたナタリーの声が、ふいにシモンの耳をついた。

「――って人、あれ以来、行方不明になっているんですって」

「え？」

顔を向けたシモンが、訊く。

「誰だって？」

「だから、マックス・ジークムントよ」

ナタリーがあげた名前に聞き覚えのあったシモンが、「ジークムントって」と応じる。

「例の『オーディンの息子たち』の？」

「そう。一ヵ月前に、下品なパーティーの様子をネット上に公開して退学になりかけた、あのマックス・ジークムントよ」

シモンが、眉をひそめて質《ただ》す。

「その彼が、行方不明？」

「そう」

「……あれ以来というのは？」

そこで、ナタリーは、先週、大学のカフェテリアでジークムントに声をかけられたことを話して聞かせる。

とたん、シモンが気色ばんだ。

「まさか、君、彼の活動に関わったりしてないだろうね？」

「もちろんよ。——言っておくけど、『がちょうの井戸端会議』は、もっとずっと高尚な目的を持つ品格のある組織なんだから」

「へえ。それは知らなかったよ」

シモンが、嫌味っぽく応じた。

「がちょうの井戸端会議」というのは、ナタリーがスイスの女学校時代に所属していた伝統ある魔女サークルの名前だ。ナタリーは、そこで会長の座に就くほど、優秀な魔女であったらしい。

もちろん、そのことを、シモンは歓迎していないし、認める気もない。今も口を酸っぱくして忠告する。

「もっとも、僕にしてみれば、そこが高尚だろうが、品がよかろうが、そんなことはどうでもいい。それより、君が、早く、その手の集団から手を引いてくれるのを願うばかりだよ。でないと、そのうち、きっと痛い目をみる」

「……まあ、そうかもしれないわねえ」

いつものように反撃してくるかと思いきや、珍しく素直に認めたナタリーが、モスグリーンの瞳を伏せて続ける。

「それに、いくら『がちょうの井戸端会議』が正統な白魔女集団でも、そこを巣立った魔女たちが、必ずしも、その後も正統派であってくれるとは限らないし」

シモンが、そんな従兄妹をもの言いたげに見る。

だが、彼が何か言う前に、テーブルの上にあったスマートフォンが着信音を響かせたので、シモンの意識はそっちに向いた。てっきりユウリからの電話だと思い、素早く手に取ったのだが、送信者の欄には意外な人物の名前が表示されていた。

「……オニール？」

不思議そうに呟いたシモンが、ひとまず電話に出る。

「アロー」

それに対し、オニールの快活な声が答える。

『やあ、ベルジュ。忙しい時に悪いね』

「いや。君だって、忙しいだろうに、こうして電話してくるってことは、そっちで何かあった？」

『ご明察』

認めたオニールが、クイズ形式で続ける。

『なあ、ベルジュ。今、僕の手に、何があると思う？』

「君の手？」

わからなかったシモンが、素直に降参する。

「さあ、見当もつかないけど」

『だろうね。僕自身、驚いているくらいだ。――なんといっても、僕の手には、ベルジュ家の封蠟がされたユウリ宛ての招待状があるんだから』

「……なんだって？」

驚いたシモンが、訊き返す。

「ユウリ宛ての招待状？」

『うん。間違いなく、今週末、君の城で行われるお誕生日会への招待状のようだよ。封蠟もそうだし、封筒やカードにうっすらと浮き彫りにされている紋章は、君の家のものだから』

伝えられた情報に対し、スマートフォンを持ったまま、シモンが眉をひそめる。ナタリーが、そんなシモンをおもしろそうに眺めた。

「だけど、なぜ、ユウリ宛ての招待状が君の手に？」

『それは、誰かが、僕にこれを渡すようにと、配達人をよこしたからだよ。ちなみに、その配達人は、同じロンドン大学の学生のようだったけど、これが招待状であることを知らなかったみたいだ。それで、封蠟には君の家の紋章があったし、宛名も差出人もなかったから、ひとまず開封してみたら、中から、ユウリ宛ての招待状が出てきたというわけだ』

「宛名も差出人もなかったって？」

シモンは、さらに驚く。

それは、変だ。

妹たちが出したものであれば、当然、フランスの郵便局の消印が押され、宛名にユウリの家の住所が、差出人にロワールの城の住所が記されているはずだからだ。

少なくとも、せめて宛先だけはないと、どんな手紙も届くはずがない。

それとも、あの奇想天外なことをしでかす双子は、招待状の送付にも、何かおかしな手法を用いたのだろうか。

悩ましげに額に手を当てたシモンが、会話を続ける。

「それで、ユウリはどうしているんだろう。さっきから、連絡が取れないんだけど」

『それは、こっちも同じだよ。昼食を一緒に取るはずだったんだけど、メールでキャンセルされて、それっきり。招待状を手にした時、まず、ユウリに連絡を取ろうとしたんだけど、繋がらなくて、念のため、こうして、君に電話したんだ。正直、何がどうなっているのか、知りたくて』

「だろうね」

同意したシモンが、残念そうに言う。

「でも、申し訳ない、今の時点では、僕にも状況がよくわからないんだ。招待状のことはすべて、妹たちに任せてあったんだけど、何か手違いがあったのかもしれない。――とにかく、すぐに城に戻って、妹たちを問いつめてみるよ。それで、何かわかったら連絡する」

『ああ、そうしてくれるとありがたい。——なんといっても、配達人の話では、僕に招待状を渡すように言った相手は、男で、しかも、黒髪で威圧感のある奴だったそうだから』

「黒髪で、威圧感のある……？」

そう聞いて、シモンには、とっさに思い当たる人物がいた。

特に、こんな不可解なことが起きる時には必ずと言っていいほど、背後に潜んでいる男である。

ユウリと音信不通になる時も、しかり。

「もしかして、オニールは、これには、アシュレイが絡んでいると思っている？」

『そうだな』

苦々しげな声。

電話の向こうで、オニールが続ける。

『……というか、そうでないことを願っている。だから、真相がわかったら知らせてほしいんだ』

「もちろん。絶対に知らせるよ。……願わくは、それが、いいニュースだといいんだけどね」

だが、たぶん、そうはならない。

電話を切ったシモンは、相変わらず音信不通であるユウリを待つのをやめ、ひとまず口ワールの城に戻ることにした。

いったい、ユウリの身に何が起きたのか。

今は、それを知ることが、最優先事項だった。

5

午後三時。

北駅に着いたユウリは、改札を出たところで、キョロキョロとあたりを見回す。

本来なら、どこにいようと、その輝かしさから一目で捜しだせる高雅な友人の姿は、グルリと見回したあとも、見つけることはできなかった。

そこで、電源を切っておいた携帯電話を取り出し、ボタンを押そうとしたところで、横合いから声をかけられる。

「ユウリ様ですね？」

顔をあげると、そこに、見知らぬ男性が立っていた。

引き締まった身体に黒のスーツをまとい、黒いサングラスをかけている。撫《な》でつけた黒髪は、後ろで細く三つ編みにしているようで、正確には違うが、いわゆる「辮髪《べんぱつ》」を思わせる髪型だ。

「……そうですけど」

相手を見返したユウリが、間を置いて頷いた。

いったい、彼は何者なのか。

疑わしげな視線を向けたユウリに、相手が用件を伝える。

「お迎えにあがりました。主人より、ユウリ様をお車のほうへ案内するよう、言《こと》づかっております。——どうぞ、こちらへ」

（迎え……？）

意外に思ったユウリが、あとについて歩き出しながら尋ねる。

「迎えって、シモンは来られなくなったってことですか？」

「——主人は、少し遅れているそうで、じきに参ります。それまで、お車のほうでお待ちいただきたいとのことでした」

そこで、ユウリはちょっとだけホッとする。

忙しいシモンのことであれば、事情があって先に城に戻っていたとしてもしかたないとはいえ、見知らぬ人間が運転する車で、異国の地を旅するのは、なかなか勇気がいる。

迎えの車は、少し離れた路地に停めてあった。

黒光りするリムジンだ。

確かに、パリからロワールまでは一時間以上の道のりであるため、リムジンのほうがゆったりと寛《くつろ》げて楽である。

さすが、ベルジュ家の迎えと言えよう。

運転手が開けてくれたドアから車に乗り込んだユウリは、しばらく黒いスモークの貼られた窓から外を眺めていたが、ふと、気になって、携帯電話を取り出した。

やっぱり、何か変だと思ったのだ。

始まりは、ベルジュ家の双子からのメールであったとはいえ、指示された場所にあったのは、招待状ではなく、マリエンヌとシャルロットらしくない淡白な指令書のようなものだった。

しかも、それに従ってここまで来てみたら、待っていたのは、ユウリがこれまでに見たことのない人物である。

もし、これがすべて、マリエンヌとシャルロットの考えだったとしても、シモンは、このことを、どこまで把握《はあく》しているのだろう。何より、ユウリは、今日の午後、シモンと連絡を取り合って、予定を決めるはずだった。

（もしかして、シモン、連絡が取れなくて心配しているんじゃ……）

不安になったユウリが、携帯電話の電源を入れ、起動するのを見守っていると、ふいにリムジンのドアが開いて、風をまといながら人が乗り込んできた。

てっきりシモンだと思い、ホッとしながら顔をあげたユウリは、次の瞬間、固まった。

人間、あまりにもびっくりすると、とっさに停止するものらしい。

今のユウリがまさにそうで、彼は、携帯電話を持ったまま、口をあんぐりと開けて、隣に座り込んだ男の横顔をじっと見つめる。

その間にも、男は、運転手に向けて「出せ」と短く命令し、メールの着信音を響かせた携帯電話を、ユウリの手から抜き取った。

次いで、他人の携帯電話の電源を勝手に切りながら、言う。

「ひどい顔だな、ユウリ。お化けでも見たのか？」

とたん、呪縛《じゅばく》が解けたように、ユウリは相手の名前を呼ぶ。

「アシュレイ⁉」

そこにいたのは、紛れもない、コリン・アシュレイその人だった。

アシュレイというのは、ユウリやシモンのパブリックスクール時代の一年先輩で、在学中、部屋に稀覯本《きこうぼん》と呼ばれる古書の類いを大量に持ち込んでは魔術に耽《ふけ》っているとの噂《うわさ》が絶えなかった人物である。「魔術師」の異名を取るほどオカルトに造詣《ぞうけい》が深く、そのずば抜けた頭脳で人を翻弄《ほんろう》しては楽しむという、まさに悪魔のような性格をしている。

その彼が、ユウリのことを気に入り、こうして、しょっちゅう、ちょっかいを出してくるというのは、なかば定型化していた。おそらく、目に見えないものを見、聞こえないものを聞いてしまうユウリのそばは、退屈の嫌いなアシュレイにとって、酒池肉林に匹敵する一種のパラダイスなのだろう。

ただ、その手の事件には危険がつきもので、自分の楽しみのためなら、ユウリを危ない目に遭わせてもいいと思っている身勝手なアシュレイのことを、シモンなどは、警戒しているし、疎《うと》んでもいた。

それなのに、当のユウリが、これであんがい、アシュレイの存在を認めてしまっているので、なかなか引きはがすことができずにいる。

そんなアシュレイは、現在、大学にも行かず、世界各国をまたにかけて、勝手気ままに過ごしているらしく、そういう意味で、昔ほど、アシュレイの顔をちょくちょく見ることはなくなっていたのだが、やはり、今もって神出鬼没であるようだ。

驚いた状態のまま、ユウリが訊いた。

「え、アシュレイ、なんでいるんですか？」

その慌《あわ》てぶりを、アシュレイが青灰色の瞳を細めて、楽しげに眺めやる。

答えない相手に代わり、ユウリは自分で答えを探すしかなかった。

「……まさか、アシュレイも、マリエンヌとシャルロットの誕生日会に招待されているとか？」

すると、軽く頭をのけぞらせたアシュレイが、眉をひそめて口を開く。

「お前の頓珍漢《とんちんかん》な発想には、時々、俺でもついていけなくなる」

「頓珍漢って……」

不満げに呟いたユウリの鼻先に指を突きつけ、アシュレイが「言っておくが」と宣言した。

「ロワールの箱入り娘たちの退屈なパーティーなんざ、こちとら、頼まれても出る気はしないね。どうせ、穴を掘って出てくるお宝は、いいとこ、マイセンの古い人形くらいだ」

(マイセンの古い人形?)

本当に、そんなものが埋まっているのだろうか。

だとしたら、それは、本当の意味で「お宝発見!」である。

日本円で何十万もするようなマイセンの骨董品《こっとうひん》を無造作に埋めてほしくないが、今はそれを気にしている場合ではない。

ユウリが、話を本筋に戻して訊く。

「でも、それなら、いったい——」

「俺たちが、どこに向かっているかって?」

「……はい、まあ、そうですね」

ユウリはいちおう頷くが、もし、ロワールに向かっていないのだとしたら、それはそれで大問題だ。

「僕たちは、どこに向かおうとしているんですか?」

「オーヴェルニュだよ」

「オーヴェルニュ?」

フランスの地図を思い浮かべながら、ユウリが確認する。

「オーヴェルニュって、フランスですよね」

「ああ」

「ちなみに、どの辺でしたっけ？」

　ユウリの単純な質問に対し、無知を咎めるように肩をすくめたアシュレイが、大雑把《おおざっぱ》に答えた。

「フランス中南部の山岳地帯だよ」

「ピレネー山脈のあたりってことですか？」

「それより、手前だ。——ミディ・ピレネーなんかと隣接している」

「……なるほど」

　地理的な問題はこれで解消したが、まだ大事な問題が残っている。

「それで、なぜ、そんなところに向かっているんです？」

「『王の熊《くま》』に会うためだよ」

「『王の熊』？」

　回答が短すぎて、さっぱりわからなかったユウリだが、これ以上、アシュレイの話を聞いても時間の無駄と判断し、ひとまず正当な文句を口にする。

「……なんだか知りませんけど、無理です。僕は、これから、ロワールに行って、シモンの妹たちのお誕生日を祝うことになっているんですから」

「ああ。――だが、さっきも言ったように、俺は、そんなもん、頼まれても出る気はない」

「はい？」

どうにも、話がかみ合わない。

眉をひそめたユウリが、「えっと」と言い返す。

「なんだろう。当たり前ですが、アシュレイがそうであっても僕は違います。いっそ、こっちから無理に押しかけてでも、お祝いしたいくらいです」

「それは、また、えらい迷惑な男だな。ストーカーか？」

どうして、そうなるのか。

呆れたように溜め息をついたユウリを、アシュレイがなだめる。

「まあ、そう気張るな」

「そんなこと言われても、気張らずにいられると思いますか？　だいたい、何がどうなっているのかはわかりませんが、きっと、このことをシモンはまったく知りませんよね？」

「だろうな」

「なら、今頃、すごく心配している」

「そんなの、好きなだけ心配させとけばいい。それが、あいつの性に合っている」

とたん、ユウリの煙るような漆黒《しっこく》の瞳に、怒りの色が浮かんだ。

「――アシュレイ」

　心なしか、話しかける声のトーンも低くなっている。

「もし、これが、シモンへの嫌がらせだとしたら、申し訳ありませんが、絶対に一緒には行きませんよ？」

「そうなのか？」

「はい」

「それはまた、ずいぶんと勇ましい」

　底光りする青灰色の瞳を不満げに細めたアシュレイが、身を乗り出して、ユウリの顎《あご》を摑んだ。

　さらに、顔をグッと近づけて、脅すように告げる。

「あるいは、可愛げがない」

　その迫力に呑《の》まれそうになりながら、ユウリは必死で言い返す。

「――そんなの、可愛げが売りの年は、とっくに過ぎましたから」

「だが、お前から可愛げを取ったら、何が残るんだ？」

「それは……えっと……、いろいろと」

「干からびた脳味噌《のうみそ》とか？」

「――ひどい」

「だが、事実だろう」

そこで、乱暴にユウリの顎から指を放したアシュレイが、問う。

「だいたい、そこまで言うなら、こっちも訊くが、もし、俺がベルジュをからかっているだけだとして、お前は、この状態で、いったい何をどうする気なんだ?」

「それは、もちろん、車から飛び降りてでも、シモンのところに行きます」

「へえ」

鼻で笑ったアシュレイが、ユウリの決死の覚悟を簡単に退ける。

「それは見てみたい気もするが、残念ながら、今回は、俺の用事じゃない」

「アシュレイの用事じゃない?」

意外そうに繰り返したユウリが、訊き返す。

「それなら、いったい誰のために……?」

それに対し、座席に置いてあったタブレット型の端末を取り上げたアシュレイが、たった一言で答える。

「ミスター・シンだよ」

「ミスター・シン?」

ロンドンのウエストエンドに店を構える霊能者のミスター・シンには、ユウリも、何度かお世話になったことがある。

そのミスター・シンの頼みとなれば、話は全然違ってくる。

情報を吟味するように黙り込んだユウリの前に、アシュレイが、手にしたタブレット型の端末を差し出した。

そこに、ミスター・シンの顔がある。

どうやら、あらかじめ録画されたものが映っているらしく、アシュレイが指を滑らせると、画面の中のミスター・シンが、おっとりと話し出した。

「やあ、ユウリ君。久しぶりじゃな。元気にしておったか？」

そこで、双方向でもないのに、ユウリは、つい「はい。お陰様で」と答えてしまう。

その声にかぶりながら、音声は続く。

「実は、こんな形でなんなんじゃが、君に頼みたいことがあって、アシュレイに、この映像を託《たく》すことにした。詳細は彼が話すと思うが、フランスのオーヴェルニュ地方に住んでいる人間から、ある曰《いわ》く付《つ》きの代物の鑑定を頼まれて、必要なら引き取ってほしいと言われたんじゃ。とはいえ、わしも、最近は寄る年波に勝てなくなっていて、長旅は、身体に応えるようになってねえ。——そこで、もし、君がわしの代わりに現地に行ってくれたら、とても助かるんじゃよ。もちろん、急な話で、君にも都合というものがあるとは思うが、先方も急いでいるようなので、君が行けないようなら、わしが、老いた身体に鞭《むち》打って、行ってくるしかない。……アシュレイが、君なら、きっとわしのことを助けてくれるだろうというので、こうして、図々しいのを承知の上でお願いしてみることにしたんじゃが、どうだろう、引き受けてくれるかのお？　──連絡を待っておるよ」

　そこで、メッセージは途切れた。

　静止した画面から顔をあげたユウリに、アシュレイが追い打ちをかける。

「ということだが、どうする、ユウリ？　このメッセージを見たうえで、お前が、やっぱり俺とは一緒に行きたくないと言うのなら、しかたない。気の毒だが、すぐに、じいさんに連絡して、ロンドンから出てきてもらうさ」

　不人情を咎めるように言われてしまい、眉尻《まゆじり》をさげたユウリが応じる。

「……もちろん、ミスター・シンには、僕もお世話になっているし、できれば、代わりに行きたいですけど、でも、シモンの妹たちがあんなに楽しみにしている誕生日会を欠席するわけにもいかないから」

「だが、それは、あくまでも、明日の予定だろう」

「そう……ですけど」

　したり顔で笑ったアシュレイが、唆《そそのか》す。

「なら、大丈夫だ。お前さえその気になれば、こっちは、おそらく今日中に片がつくだろう。なんといっても、現物を見て、何もなければそれまでだし、たとえ何かあっても、お前が、その場で処理すればいいだけのことだ。──早ければ、今日の夜にもロワールに着くだろうし、遅くとも、明日のパーティーまでには送り届けてやる」

表情に迷いを浮かべたユウリが、確認する。

「……本当に、そんな簡単な話なんですか？」

だが、それには、アシュレイは無責任に応じる。

「さて。それは、行ってみないことには、なんとも」

ユウリが、天を仰いだ。

話に乗るべきか。

あくまでも、断るべきか。

だが、ユウリが断れば、ミスター・シンが老体に鞭打って、フランスの山間部まで出てこなければならないわけで、それを思えば、ちょっとの寄り道くらい、してもいいかもしれないというほうへ、考えが傾く。

ただ、その場合、最大の問題は――。

アシュレイに視線を戻したユウリが、申し出る。

「わかりました。そういうことなら、このまま一緒に行っても構いませんが、一つだけ条件があります」

するとと、とっくに了解していたかのように、アシュレイはみなまで聞かず、「わかっているさ」と言って、ユウリの携帯電話を投げてよこした。

「フランスのお貴族サマに、事情を説明したいって言うんだろう。――もちろん、好きにするといい。ただ、急げよ」

アシュレイの言葉が終わるのと同時に車が停まり、気づけば、彼らの目の前には、上昇するのを待っているヘリコプターの機体があった。

どうやら、ここで、乗り換えらしい。

つまり、わざわざリムジンを用意したのは、長距離を移動するためではなく、単に、迎えの車がベルジュ家のものであるよう、ユウリに思い込ませるためだったようだ。詐欺というのは、こういった細部にまでこだわってこそ、完璧《かんぺき》に相手を騙《だま》せるものなのだろう。

溜め息をついたユウリは、シモンに対し、どうやってこの状況を説明するか悩みつつ、アシュレイの気が変わらないうちに、急いで電話した。

第三章　王の熊《くま》

1

ロワールの城に戻ったシモンは、まっすぐに双子の妹たちの部屋に向かった。

途中、廊下《ろうか》ですれ違った異母弟《いぼてい》のアンリが、挨拶《あいさつ》のあと、不思議そうに続ける。

「あれ、おかえり、兄さん」

「早かったね。戻るのは、夕方になると思っていたけど。——しかも、ユウリは一緒じゃないんだ？」

黒褐《こっかっしょく》色の髪に黒褐色の瞳《ひとみ》をしたアンリは、王子様風情のシモンより野性味のある精悍《せいかん》な顔立ちをしている。ただし、立ち居振る舞いは、ベルジュ家の人間らしく、品があって堂々としたものだ。

シモンが、そんな異母弟をチラッと見て答える。

「うん。どうやら、すれ違いがあったみたいで」

「へえ。珍しい」

確かに、めったにあるものではない。

二人だけの時には――。

苦笑したシモンが、尋《たず》ねる。

「ちなみに、アンリは、双子が、どうやってユウリに招待状を送ったか、知っている？」

「招待状？　――いや」

アンリが、首を傾《かし》げて両手を開いた。

「申し訳ないけど、今回はノータッチだから、わからない。――って、もしかして、彼女たちが、何かしでかした？」

「どうだろう。――ただ、招待状のやり取りのせいで、ユウリは音信不通になってしまったようなんだ」

「音信不通って……」

不穏な言葉に、アンリの表情が翳《かげ》る。

別にアンリのせいではないのだが、妹たちのやることを監督しなかったことで、責任を感じているのかもしれない。

「だけど、たかが招待状くらいで、なんでそんなことに？」

「そうだね。僕も、それが知りたくて、双子を捜しているんだ」

すると、捜すまでもなく、廊下の向こうに姿を現した二人が、シモンに気づき、無邪気に走り寄ってきた。金髪を揺らし真っ青な瞳を輝かせた二人の姿は、まさに天使のごとく愛らしい。

「きゃあ〜、お兄さま！」

「おかえりなさい！」

「一週間ぶり！」

「もっと会えたらいいのに！」

言いながら、両側から飛びつこうとするのを、シモンが両手をあげて押しとどめる。なぜかといえば、二人の服は泥だらけだったからだ。

眉《まゆ》をひそめたシモンが、質《ただ》す。

「お前たち、その恰好《かっこう》はなんだい？」

「あ、これ？」

「これは、アレよ。──ね？」

「そう。私たち、お兄さまの言いつけを守ったの」

絶妙のタイミングで交互に言いながら、二人が説明する。

その隙《すき》を突いて、シモンは訊《き》き返した。

「僕の言いつけ?」

「そうよ。覚えてない?」

「ほら、お兄さま、先週、お城に戻ってきた時、私たちに言ったでしょう?」

「お客様の宝探しは、地上部のみって」

「――ああ、そういえば、言ったね」

頷《うなず》いたシモンが、続ける。

「だけど、それで、なんで、今日になって、そんな泥だらけになっているんだ?」

「それは、この一週間、暇を見つけては、埋めた宝物を掘り返していたんだけど」

「なぜか、どうしても一つだけ、見つからなくて」

「木彫《きぼ》りのマリア像が」

「マリア像?」

シモンが、呆《あき》れたように確認する。

「――お前たち、庭に聖母像を埋めたのかい?」

ベルジュ家には、日曜日の朝にミサに行く習慣はないが、それでも敬虔《けいけん》さは失わないように育てられているはずだ。それが、遊びのために聖母像を埋めるなんて、知らないうちに、ナタリーの影響でも受けてしまったのか。

双子が、無邪気に応じる。

「そうなの。ちょっと変わったマリア様で」

「熊に座っているの」

「その熊が、また可愛くて」

「見つけた人は、ラッキーね」

ラッキーどころか、早く掘り返さないと、神罰が下りそうだ。

苦笑するアンリの横でシモンが溜め息をついていると、何かに気づいたように、愛くるしい双子がキョロキョロとあたりを見回した。

「それはそうと、ユウリは!?」

「そうよ。ユウリは、どこにいるの？　お兄さま、ユウリは!?」

それから、打ち合わせをしているわけでもないだろうに、声を揃《そろ》えて「私たち」と力説する。

「朝から、ユウリが来るのを、今か今かと待っていたの」

「だから、早く会わせて！」

「そう。焦《じ》らさないで」

「隠さないで」

「埋めちゃわないで」

せっつく二人を押しとどめるように、シモンは再び両手をあげて宣告する。

「残念ながら、ユウリは、来てないよ」

「そうなの⁉」

「なんで？」

「もしかして、都合が悪くなってしまったの？」

それに対し、シモンが尋ねる。

「どうかな。――そのことで、お前たちに確認したいことがあるんだけど」

「なあに？」

「なにかしら？」

あどけない顔で見あげてくる二人を前にして、シモンは、今、いちばん知りたいことを口にする。

「訊きたいのは、ユウリに送った招待状のことなんだけど――」

だが、言ったとたん、それまで無邪気だった二人の顔に動揺が走る。二人して顔を見合わせ、ついにはオロオロと挙動不審になった。

それを見て、シモンとアンリが視線を交わし、同時に首を横に振る。

どうやら、何かあるらしい。

シモンが、辛抱強く尋ねる。

「その様子だと、疾《やま》しいことがあるようだね？」

「そんな、疾しいなんて、……ねえ」

「そうよ。そんなこと、あるわけないわ」

「ただ、ちょっと、番狂わせがあったみたいで」

「私たちにも、何がなんだか、わからなくなっちゃっているだけよ」

しどろもどろの二人が、ひとまず、自分たちの心配事を告白する。

「というのも、実は、ユウリから、招待状を見つけたというメールがないのが気になっていて」

「そう。もしかして、まだ探しているのかと思って、心配していたところなの」

「……探す？」

意味がわからずに繰《く》り返したシモンに、二人が交互に続ける。

「でもね、お兄さま。てっきり、隠し場所がわからないのかと思って」

「第二のヒントを送ったんだけど、いつまで経っても、ユウリから返信がないの」

「そう。それで、こっちも困ってしまって」

「ユウリは、なんで、返信をくれないのかしら？」

だが、そのことはすでに了承しているシモンが、「知らないよ」と短く応じ、それ以前にわからなかったことを、明確にする。

「それより、気になったんだけど、さっきから、招待状を『見つけた』とか『探す』とか

『ヒント』とか言っているようだけど、お前たち、ユウリに、直接招待状を送ったんじゃないのかい？」

二人が、またまた顔を見合わせてから言う。その姿は、鏡に映った一人の人間を見ているようだ。

「送った」

「ただし、メールで」

「メール？」

繰り返したシモンが、次第に詰問口調になって問う。

「メールって、どういうことだい？　招待状は？」

「だから、お兄様」

「私たち、一生懸命考えて」

「ただ、招待状を送るだけじゃつまらないと思って」

「それで、ユウリや他に数人、親しい友人には、宝探し形式で招待状を見つけてもらうようにしたの。――ね？」

「そうそう」

「つまり、招待状をどこかに隠した？」

「ええ」

「でも、フランスのお友達の家には、自分たちの手で招待状を隠しに行けたんだけど」

「さすがに、ロンドンまでは行けなくて」

「だから、ユウリだけは、社交界で知り合ったロンドンのお友達に頼んで、ロンドン大学の図書館にある本の中に隠してもらったの」

「それで、本や書架の写真を撮ってもらって、その写真をユウリにメールで送ったのよ」

「見つけてもらうために」

「たぶん、ユウリなら、すぐに見つけられると思ったんだけど……」

そこまで話したところで、二人がしゅんと下を向く。

「もしかして、ユウリ、見つけられなくて困っているのかしら？」

「どうしよう」

「でも、招待状なんて、見つからなくてもいいのにね」

「そうよ。なくても、来ちゃえばいいのに」

そんなことでしょげている二人だが、事態は、二人の予想をはるかに超え、もっとずっと複雑になっている。

事情のわかったシモンが、大きく溜め息をついて二人のそばを離れた。その際、異母弟のアンリに、頼みごとをする。

「悪いけど、アンリ。双子のスマートフォンを調べておいてくれないか。たぶん、ウイルスに感染しているはずだ。情報が筒抜けのようだから」

「了解」

応じたアンリが、心配そうに訊く。

「――で、かんじんのユウリは、大丈夫かな？」

「わからないけど、大丈夫であってほしいよ」

今までのことを総合して考えるに、ユウリは、図書館の本に隠された招待状を見つけられなかったわけではないはずだ。

そうではなく、たぶん、見つけたのだ。

ただ、ユウリが手にするはずだった招待状は、謎《なぞ》の人物の手で、オニールのもとへと届けられている。つまり、ユウリが手にしたのは、別のものだった。

問題は、それが、何かということだ。

城内の長い廊下を戻りながらシモンが考え込んでいると、ふいに、服の内側でスマートフォンが着信音を響かせた。

何げなく取り出したシモンは、次の瞬間、目を見開いて驚く。それから、すぐに、電話に出た。

「ユウリ⁉」

それは、まさに、待ち望んでいたユウリからの電話だったのだ。

電話口から、ユウリの凛《りん》とした声が流れてくる。

『ああ、シモン。よかった、つかまって』

「それは、こっちの台詞《せりふ》だよ。連絡がつかないから、心配していたんだよ」

『……やっぱりそうか』

苦々しげに応じたユウリが、まずは謝る。

『心配かけて、ごめん。……ちょっと、いろいろあって』

「そうだろうね」

応じたシモンが、訊く。

「それで、今、どこにいるんだい？」

シモンとしては、ロンドンか、あるいは、もうパリに着いたくらいかと予想していたのだが、ユウリの答えは、もっと大雑把《おおざっぱ》だった。

『――えっと、フランスにいるよ』

「フランス？」

訝《いぶか》しげに繰り返したシモンが、確認する。

「フランスということは、パリの北駅に着いたということ？　――それなら、すぐに迎えの車を用意させるから、どこか、ホテルのロビーで待っていてもらえると」

だが、シモンの言葉を遮《さえぎ》って、ユウリが状況を伝える。

『ごめん。パリは、もう出たんだ』

「出たって、どういうこと？」

『あれ、出てないかな。……なんでもいいけど、実は、急な用事で、オーヴェルニュに行くことになって』

「オーヴェルニュ？」

『うん。たいした用事ではなさそうだから、すぐに戻れると思うけど、今日中は無理かもしれない。――それで、申し訳ないんだけど、今日の午後の予定はキャンセルさせてもらいたいんだ。明日のパーティーには間に合うように行くから』

スマートフォンを持って立ち止まったシモンが、水色の瞳を窓の外に向けた。地続きの場所にユウリがいるはずなのに、近づけないもどかしさ――。

シモンが、答える。

「もちろん、急用ならしかたないけど」

『勝手を言って、ごめん』

「それを言われると、いつもは、僕のほうが勝手を言っているからね。そのことは気にしなくていいよ。――ただ」

そこで、シモンが窓外の景色を見つめたまま、水色の瞳をすがめ、どこか咎《とが》めるように告げた。

「君、僕に隠していることがあるだろう？」

『……隠していること？』

「そう」

頷いたシモンが、鋭く切り込む。

「ユウリ。今、誰と一緒にいるんだい？」

『――――』

電話口で、ユウリが息を呑《の》むのがわかった。

それだけで、シモンには十分であったが、念のため、確認する。

「やっぱり、アシュレイと一緒なんだね？」

『……なんで』

「わかったのかって？」

『うん』

「それは、アシュレイが、ご親切にも、ロンドンに足跡を残していってくれたからだよ」

『……足跡？』

ユウリが不思議そうに呟《つぶや》いたところで、ふいに、電話が遠のくような雑音が混じり、なんの前触れもなく、通話が途切れた。

まるで、二人の絆《きずな》を切断するような唐突さだ。

やったのは、間違いなくアシュレイである。しかも、こちらの心情を計算したうえでの暴挙のはずだ。

つまりは、嫌がらせ。

とっさに舌打ちしそうな表情になったシモンだが、かけ直すことはせずに、スマートフォンの画面を操作する。

こうなったら、かけ直しても無駄であるのを、彼は重々承知していた。

それならそれで、やることがある。

「オーヴェルニュねえ……」

溜め息混じりに呟いたシモンは、見つけ出した番号に電話をかけ、数コールで応じた相手に向かって言う。

「ああ、モーリス。僕だけど、ちょっと調べてほしいことがあるんだ。――うん、忙しい時に、悪いね」

モーリス・ブリュワは、ベルジュ・グループが抱える若き秘書の一人で、現在は、シモンの配下にある。

前置きしたシモンが、続けて用件を告げた。

「オーヴェルニュ地方の新聞記事を調べてほしいんだ。――いや、できれば、ここ最近の記事で、そのあたりで起きた怪奇事件のようなものを中心に。――ああ、そうだよ。さすがに察しがいい。——そう。あの人の興味を惹《ひ》きそうなことならなんでもいい。できるだけたくさん情報を集めてくれないか?」

2

オーヴェルニュ地方に入り、地上に降り立ったユウリたちは、アシュレイの運転する四輪駆動車で、目的地の村へと向かった。

辿《たど》り着いた村は、ヨーロッパの田舎にありがちな、規模の小さな集落だった。

村に一つしかない教会が公民館を兼ねていて、各家々は、なだらかな登り坂になっている公道沿いに、山の斜面にへばりつくように建っている。村の中心部にある広場には井戸があり、水道が普及した現在も、村人の生活用水として使われているようだ。

ロータリーとなっている広場を走り過ぎ、二人が車を駆《か》って向かったのは、家々が密集する村の中心から少し離れた山上の屋敷だった。今はどうか知らないが、かつてはこのあたりの小領主か何かが住んでいて、村人の上に君臨していたのだろう。

途中、狭い坂道で、警察車両とすれ違う。

門のある大きな屋敷の前で車を降りながら、ユウリが言った。

「――だから、アシュレイ。携帯電話」

運転席から降り、後ろ手にリモコンでロックしたアシュレイが、先に立って歩き出しながら、応じる。

「携帯電話が、どうかしたのか？」

「いい加減、返してください」

「なんで？」

「もちろん、シモンに連絡したいからです」

だが、ユウリの主張など、まったく聞く耳を持たないアシュレイが切り返す。

「連絡なら、もうしただろうが」

「そうですけど、あんなふうに途中で切るなんて、ひどすぎます」

ユウリが言っているのは、もちろん、先ほどシモンと電話で話した時のことである。会話の途中であったにもかかわらず、なんの断りもなく携帯電話を取り上げられ、強制終了させられた。

毎度のこととはいえ、やられたほうは、たまったものではない。

それで、文句を言いたかったのだが、その時は、追い立てられるようにヘリに乗せられてしまい、移動中はまわりがうるさすぎて会話にならず、車に乗り換えてから、ようやく文句を言えるようになった。

とはいえ、運転しているアシュレイから携帯電話を強引に取り上げるのは、自殺行為以外のなにものでもないので、こうして、車を降りた今、ようやく交渉の余地ができたというわけだ。

アシュレイが言い返す。

「ひどいのは、お前だろう。くだらないことをちんたら話しやがって。言うまでもないことだが、ナマケモノのお前と違って、俺は時間を有効に使う性質《たち》なんでね。俺の時間まで無駄に使うなってことだ」

「だからって、これみよがしに電話を切らなくてもいいじゃないですか。あれは、完全にシモンへの嫌がらせですよね？」

「だったら、なんだ？」

「二度としないでください。シモンが、かわいそうです」

するとと、チラッとユウリを見やったアシュレイが、「そんなこと」と応じる。

「お前に言う権利があるのか？」

「権利はなくても、シモンのために――」

だが、主張しかけたユウリを遮って、アシュレイが切り込む。

「ベルジュのため、ねえ。それは、とんだ、おためごかしだな」

「おためごかし？」

「ああ。ベルジュのためと言うが、それなら、逆に、ベルジュが『お前のため』とか言って、俺とお前の関係を断つような行動に出たら、どう思う？　……お前はお前なりに、俺と付き合っているとしたら、その行動は、どう考えても、お貴族サマの独断と偏見に満ちた暴挙だろう。正直、ありがた迷惑なはずだ」

「……それは」

ユウリの煙るような漆黒の瞳が、揺らぐ。

そんなユウリに、追い打ちをかけるように、アシュレイは続けた。

「お前はどう考えているか知らないが、ベルジュは、その理屈がわかっているから、苦《く》汁《じゅう》をなめても、お前のまわりから俺のことを強制的に排除することだけはしないでいる。それなのに、お前が、嫌がらせをされるのがかわいそうという主観的な理由で、俺がベルジュにちょっかいを出すのをやめさせようとするのは、実は、お前の独善的な判断だと、どうして言えないと思うんだ？」

「…………」

そこに至って、ユウリは完全に返事につまってしまった。アシュレイの言い分は、とても理に適《かな》っていて、まっとうな主張に思えたからだ。

悩んだ末、ユウリが心許なさそうに尋ねる。

「……つまり、シモンは、アシュレイに嫌がらせをされるのを、内心で楽しんでいる？」

アシュレイが、片眉をあげて可能性を示した。

「かもしれない」

「…………」

本当に、そうだろうか。

アシュレイの言い分はもっともに思えたが、実際に口にしてみると、やっぱり、何か違うような気がする。ただ、うまく反論できない。百枚くらい上手のアシュレイのあくどさに、ユウリは、逆立ちしたって勝てるわけがないのだ。

黙り込んだユウリに対し、アシュレイが、顎《あご》をしゃくって目の前の問題へと意識を向けさせた。

「ほら、くだらないことを言ってないで、行くぞ。『王の熊』とご対面だ」

「……はい」

結局、ユウリは、アシュレイの後ろをついていくしかなかった。

石造りの堅牢《けんろう》な屋敷は峠に建っていて、窓からは村が見渡せる。

そこに住む依頼者は、かなりの高齢で、電動の車椅子《くるまいす》を自在に操って、二人を迎えてくれた。

「こんな恰好で失礼するよ。完全に歩けないわけじゃないんだが、動き回るには、このほうが楽でね。老化は、真っ先に足腰にくるというのは、本当らしい」

フランス語で説明した老人は、ついで、二人に飲み物を振る舞った。革張りのソファーに座り、落ち着いたところで、老人が言う。

「ミスター・シンから事情は聞いたよ。老いぼれが出ていくには遠すぎるので、信頼できる使いをよこすとね。――つまり、君たちのどちらかが、彼に代わる能力を持っているということなんだろう?」

「そう《ウィ》」

肯定したアシュレイだが、それが、どっちであるかは言わなかった。

その隣で、ユウリは、滑《なめ》らかに交わされるフランス語の会話に圧倒されていた。すっかり忘れていたが、ここはフランスで、たいていの人間はフランス語を話す。

それは、ベルジュ家においても同じで、シモンが、普段、あまりにも流暢《りゅうちょう》に英語を話してくれるので、ついつい忘れていたが、パーティーともなれば、基本はフランス語での会話になるはずだ。

ユウリも、いちおうフランス語は話せるが、言語というのは、常に触れていないと、すぐにうまくは使えなくなるものだった。

(……まずい。どこかで、フランス語の集中レッスンを受けておけばよかった)

後悔するが、あとの祭りだ。

ユウリが縮こまっている横で、老人とアシュレイが会話を続ける。

「そうか。それは、ぜひとも、お手並み拝見といきたいところだが、一足遅かった」

「というと?」

「鑑定してもらいたいものが、盗まれてしまったんだよ」

「盗まれた？」

「そう。先週の土曜の晩だ」

「――つまり、今、この屋敷に、熊皮はない？」

「そうなんだ。ロンドンにいる娘婿《むすめむこ》には、メールで知らせたんだが、どうやら出張で家を空けていたようで、連絡が滞ってしまったらしい。本当に、無駄足を踏ませて、申し訳ないことをしたね。もちろん、かかった費用と、来てもらった分の謝礼は支払わせてもらうから」

　アシュレイが、訊く。

「それで、犯人は？」

「まだ、捕まっていない。今も警察が来て、捜査状況を教えてくれたんだが、先週、州外から若者の一団がやってきたのがわかっていて、その子たちが関わっているかもしれないと言っていたが、確かではない。あるいは、熊皮にまつわる噂から、村人の誰かが、我慢できずに盗み出して、勝手に処分したのかもしれないし」

　警察というと、さっきすれ違った車両が、そうだったのだろう。

　老人が、どこか苦々しげな表情を浮かべて続ける。

「それに、今、このあたりの警察は、それどころじゃなくてね」

　首を傾げたアシュレイが、短く問い返す。

「……なぜ？」

「先週の土曜日、峠を一つ越えたところにある教会の廃墟《はいきょ》で、女性の惨殺死体が見つかったんだが、それが、どうやら、野犬に食い殺されたそうなんだ。死体は、ひどいもんだったらしい」

会話をなんとか理解したユウリが、気の毒そうに眉をひそめた。

老人が、「ただ」と言う。

「間の悪いことに、それが、例の熊皮が盗まれたのと同じ晩であったもんだから、村人たちは、熊皮に憑《つ》いていた『ラ・ベート』が蘇《よみがえ》ったと騒いでいるんだ」

「『ラ・ベート』ねえ」

アシュレイが、いかがわしげに呟いたのに対し、老人が言いたてる。

「仮に、それが本当だったら、私はどうしたらいいのだろう。鑑定なんて待たずに、早く処分すべきだったたってことになるんだろうな。——ただ、正直、そんなものが蘇って人を殺すなんて、この科学万能の世の中で、本当にあるのかどうか……。そうだとしても、私が蘇らせたわけではないし、責任を押しつけられても困るんだが、ある意味、やっかい払いができてホッとしているというのもあって、なかなか、気持ちの落ち着けようがない。いっそ、ここまで来たのだから、君たちにあとを追ってもらって、処分してもらうというのも考えたんだが、やはり、荒唐無稽《こうとうむけい》の感は否めず、頼めたものではない」

「――なるほど」

　複雑な心境にあるらしい老人に比べ、アシュレイの返答はあっさりしている。口元にはうっすらと笑みまで浮かんでいたが、それは、わかる人間にしかわからないほど、かすかなものだった。

　ユウリが煙るような漆黒の瞳を向けた先で、アシュレイが尋ねる。

「時に、その熊皮は、もともと、土石流に呑まれた村の教会にあったらしいが、どういった経緯で、ここに？」

「単純な話で、亡くなった神父は、私の甥《おい》でね。それに、そもそも問題の熊皮は、うちの先祖が教会に納めたものだったんだ」

「教会というのは、サンマルタン教会？」

「そう」

　頷いた老人が、話を戻す。

「まあ、それはともかく、女性が野犬に嚙《か》み殺された件だが、実は、今週に入り、似たような事件が、オーヴェルニュだけで三件起きていて、昨日の地方紙でも、ついに『ジェヴォーダンの魔獣、再来か⁉』などという煽《あお》り記事が出たほどなんだ」

「『ジェヴォーダンの魔獣』？」

　呟いたユウリの横で、アシュレイが言う。

「だが、あれは、『人狼伝説《じんろう》』として知られていたと記憶しているが……」

　老人が説明する。

「確かに、一般にはそうなんだが、実は、このあたりの村々では、昔から『ジェヴォーダンの魔獣』は、狼ではなく、魔物と化した熊だったという言い伝えがあるんだよ」

「へえ。それは、なかなか興味深い」

　ユウリが、そんな感想を口にしたアシュレイの横顔を、不安そうに見つめる。

　先ほどから、すべて初めて聞いたような顔をしているが、実際、彼は、この件を、本当はどこまで知っていたのだろうか。

　今までの経験からすると、少なくとも、まったく知らなかったということは、ありえない。むしろ、何かしら知っていたからこそ、今回も、ユウリをかっさらう形で、こんな山間《やまあい》の村まで連れてきたはずだ。

　ただ、そうなると、どんどん不穏さを増すこの一件が、アシュレイが最初に言っていたように簡単《あんたん》に片づくとは、とても思えず、ユウリは、向かう先に、暗雲が垂れ込めるのを感じて暗澹たる気持ちになった。

3

老人のもとを辞し、四輪駆動車に乗って来た道を戻り始めたところで、ユウリが言う。

「アシュレイにしては珍しく、無駄足でしたね」

「ああ。でも、興味深い話だったろう?」

「……興味深いというか、僕には、さっぱりわかりませんけど、そもそも、『王の熊』というのは、なんなんですか?」

実際、ユウリは、ほとんど何も知らされないまま、ここまで来た。鑑定するのに、よけいな前情報は邪魔になるということらしい。

アシュレイが、細い山道を走っているとは思えないスピードを出しながら、顎で後部座席を指し示した。

「そこの端末」

どうやら、「取れ」ということらしい。

そこで、ユウリは身体《からだ》をひねって、タブレット型の端末を取り上げる。ただ、猛スピードでカーブを曲がるため、あんがい、そんな動作でも危険だった。今も、揺れた拍子に身体がかしいで、シートベルトに絞め殺されそうになる。

「うわ」

小さく悲鳴をあげたユウリを情けなさそうに見やり、アシュレイが片手を伸ばして華奢《きゃしゃ》な身体を引き起こしてやってから、端末画面を横から操作した。できれば、運転に集中してほしいところだが、アシュレイの視界は三百六十度あるのかもしれないと思わせるハンドルさばきで、すいすいと山道を下りていく。

ほどなく、端末の画面に熊皮の写真が現れた。

「これが、『王の熊』なんですか?」

「ああ」

頷いたアシュレイが、ミスター・シンの店で聞いた情報を、ユウリに伝えた。

聞き終わったユウリが、感心したように繰り返す。

「ノルマンディー公って、ノルマンディー公ですよね?」

「そうだよ」

「征服王のウィリアム一世——」

「だから、そうだって言ってんだろう。こんなところで、歴史のおさらいか?」

鬱陶《うっとう》しげに窘《たしな》められるが、おさらいしたくもなるというものだ。ノルマンディー公ウィリアムといえば、歴史上、あまりにも有名すぎる人物である。

それが、熊皮を介して現在に繋《つな》がっているというのか。

「もしかして、さっきの人が、そのウィリアム一世から熊を下賜《かし》された領主の末裔《まつえい》ってことですか？」

　だが、薄く笑ったアシュレイが、横目でユウリを捉《とら》え、「相変わらず、単純な脳味噌《のうみそ》だな」とバカにする。

「逆立ちでもして、ちょっとは鍛《きた》えろ」

　そんなことで、本当に鍛えられるのか。

　だったら、ぜひともやってみたいと思いつつ、ユウリが訊き返す。

「え、だって、今の話を聞く限り、そういうことになりませんか？」

　すると、片手を伸ばしてユウリが手にしている端末の画面を叩《たた》いたアシュレイが、もう片方の手でハンドルを切り、最後の急なカーブを曲がりながら言った。

「それなら、訊くが、お前には、その毛並みのいい熊の抜け殻が、猟犬の餌食《えじき》になったもののように見えるか？」

「……えっと、見えませんね」

「だろう？　──もし、あいつらの話が本当なら、本来、その熊皮は、もっとズタズタになっていないとおかしい」

　なんとも血なまぐさいことを淡々と述べて、アシュレイが続ける。

「つまり、ノルマンディー公から下賜された云々《うんぬん》というのは、嘘《うそ》だよ」

「その逸話自体、なかったってことですか？」

「いや。熊の話は、本当だ。少なくとも、歴史史料に載っていることではあるが、征服王が熊を下賜した領主の名前は、アルヌール・ダルドルで、彼の先祖ではない」

「そうなんだ……。でも、じゃあ、なんでそんな嘘をついたんでしょう？」

ユウリの問いかけに対し、アシュレイが私見を述べる。

「これは、あくまでも推測だが、立派な熊皮を手に入れたあの家の先祖が、『王の熊』の話をどこかで聞いて、ちゃっかり熊皮の来歴の格上げに利用したんだろう。……教会の聖遺物と同じだな。語った者勝ちってやつだ」

「……なるほど」

納得したユウリが、画面上の熊皮に無意識に手を滑らせながら訊く。

「それなら、この熊皮は、やっぱり、ただ、タイミング悪く盗まれただけで、この辺で起きている事件とは関係ないってことですね？」

そうだとしたら、当面、ユウリの出番はなく、このまま、大手を振ってロワールの城に直行できる。逆に、もし、二つのことが関連していたら、こうして関わってしまった手前、被害が広がるのを傍観《ぼうかん》しているのは気が引けて、なんとかしなければと思ったに違いない。

肩の荷が下りてホッとしながらユウリは言ったのだが、アシュレイは答えず、唐突に、まったく違うことを訊いた。

「腹減らないか？」

「あ、すきました」

考えてみれば、昼に、パリに向かうユーロスターの中で、提供された食事を食べたきりである。

日はまだ十分高いが、時刻は、すでに夕方になっている。夕食には、少し早いかもしれないが、食べられない時間ではない。お腹のすき具合で判断するなら、フルコースでもいけそうだ。

そんなユウリの窮状を知ってか知らずか、アシュレイが提案する。

「なら、ちょうどいい。せっかく、フランスにいるんだ、たまには、三つ星レストランの豪勢なフレンチでも食おう」

そう告げたアシュレイの目の先には、ロマネスク風のお城があった。開かれた鉄扉《てっぴ》の向こうには、噴水が見え、松明《たいまつ》がアプローチを飾っている。

石壁や道ばたを飾る、色とりどりの花々。

どうやら、そこは、五つ星ホテルに併設された、三つ星レストランであるらしい。

ユウリの返事を聞く前に、玄関口まで車を乗り入れたアシュレイが、迎えに出てきたお仕着せ姿の青年に鍵《かぎ》を預ける。

本当にここで食事をするらしい。

だが、こんな格式の高そうな場所、ユウリはもとより、アシュレイだってネクタイをしていないのに、大丈夫なのだろうか。

そんな心配をするユウリをよそに、アシュレイはズカズカと中に入り、レストランではなく、ホテルのフロントに向かった。

コンシェルジュとしばらく話したあと、彼は、鍵を手にして戻ってくる。

何がどうなっているのやら。

わからずに佇《たたず》んでいたユウリの肩を押し、アシュレイは強引に歩かせながら言う。

「ボケッとしてないで、行くぞ」

「行くって、どこに？」

それに対し、鍵を振ったアシュレイが答える。

「当然、部屋だよ。——お前、まさか、その恰好でレストランに入る気だったのか？」

いや。

ユウリにそのつもりはなく、ただ、訳がわからないうちに、ここまで連れてこられただけであるが、反論する以前に、どうなっているのかが知りたくて訊いた。

「だけど、僕たち、食事をするんじゃないんですか？」

「ああ」

「それなら、なんで、ホテルの部屋に？」

「だから、さっきから言っているだろう。お前は、そんな服装でレストランに入る気なのかと。――ちなみに、ここのホテルは、ルームサービスで、そっちのレストランのコース料理を食えるんだよ」

「……なるほど」

　ようやく納得したユウリだが、それは、贅沢《ぜいたく》の極みというやつだ。正直、割り勘にした場合、ユウリの一ヵ月のお小遣いで足りるとは、とうてい思えない。

　それでも、ここまで来て文句を言ってもしかたないので、一つしかないエレベーターを待つ間、ユウリは、改めて建物の中を見回してみる。

　外装も素晴らしかったが、内装は、輪をかけて素晴らしい。

　落ち着いた調度類。

　あちこちに飾られた花々。

　この品位の高さは、どこか、ロワールにあるベルジュ家の城に通じるものがあるとユウリが思っていると、チンと深い音をたてて、エレベーターが到着する。

　用意された部屋は、主寝室の他にゲストルームがあって、広いリビングには、バーカウンターやソファーセット、マホガニーの事務机、それから、六人が会食できる楕円形《だえんけい》のダイニングテーブルまであった。

テーブルの上には生け花とウェルカムドリンク、ウェルカムフルーツが並んでいる。

(……これは、一ヵ月どころか、一年分のお小遣いがパーだ)

そんな絶望感に囚われて立ち尽くしているユウリに、ソファーにどっかりと座って館内電話を取り上げたアシュレイが、メニューを顎で指しながら訊いた。

「――で、お前は、何が食いたい？」

4

その頃。

ロワールの城にいるシモンは、自分の部屋で、モーリスから届いた資料をテーブルに広げ、丹念に調べていた。データ転送された分に関しては端末画面で見ているため、組んだ足の上にタブレット型端末を載せ、手にA4サイズの紙を持っている。

そうして、ソファーにもたれて資料を読む姿も、実に高雅だ。

シモンがパラッとページを繰っていると、部屋のドアをノックする音が聞こえ、すぐにアンリの声が続いた。

「僕だけど、入ってもいい？」

「もちろん」

顔をあげたシモンに対し、顔を覗《のぞ》かせたアンリが告げる。

「もうすぐ、夕食だって」

「――ああ、もうそんな時間か。わかった」

了解したシモンが、そばまで来たアンリを見あげて、不思議そうに尋ねる。

「だけど、わざわざ、そのことを伝えに来てくれたのかい？」

「いや……。というか、その後、ユウリがどうなったか、気になって」

ユウリからの電話のあと、彼がアシュレイと一緒であることは、ロンドンにいるオニールと、異母弟のアンリには伝えておいた。オニールの反応は、こっちの予想どおり、舌打ちに続く罵詈雑言《ばりぞうごん》の嵐《あらし》であったが、アンリは「へえ」という、いささか淡白ともいえる相槌《あいづち》を打っただけで、特に何を言うでもなかったのだが、やはり、心の底ではずっと気になっていたらしい。

シモンが、手元の資料に視線を戻しながら答える。

「残念ながら、あれ以来、連絡は来てないよ」

「それは、連絡できない状態にあるっていうこと？」

「たぶんね。アシュレイから、携帯電話を取り戻せずにいるんだろう」

とたん、アンリが、精悍な顔をしかめる。

「毎度のことながら、そんなこと、ユウリは、よく許しているよな」

「許す、許さない、の問題ではなく、できる、できない、の問題なんだと思うよ。——お前も、九月からユウリと同じ大学に通うなら、そのあたりの事情には通じておいたほうがいいかもしれない。そうでないと、募るイライラを、ユウリに向かって爆発させてしまう可能性がある」

「爆発させればいいじゃないか」

アンリが、ケロリと反論する。

「爆発して、あんな男との関係を断ってしまえばいいと思うけど。——少なくとも、僕なら、そうする」

異母弟の直情的な方針に対し、シモンが、水色の瞳をあげて苦笑した。

「実際のところ、それほど単純な話ではないんだけど、……まあ、ユウリは、お前にとても甘いし、お手並み拝見といこうかね」

「任せて」

「ただ、先に一つ忠告しておくと、来期のロンドン大学には、お前以外にも、ユウリがめっぽう甘やかしている人間が入ってくるはずなので、気をつけることだよ」

「ああ。……オスカーだっけ?」

「そう。エドモンド・オスカー」

エドモンド・オスカーは、パブリックスクール時代の後輩で、ユウリとシモンが在籍していたヴィクトリア寮《ハウス》の寮生だ。生徒自治会執行部《スチューデントソサエティ》に名を連ねる実力を持ちながら、面倒くさいという理由で辞退したアウトローでもある。

シモンが、少々疎《うと》ましげに続けた。

「ユウリの懐に入り込むコツを知っているだけに、やっかいな相手だよ」

「ということは、僕のほうが、分が悪い?」

「そこは、微妙だな」

　応じたシモンが、口元に余裕の笑みを浮かべて付け足す。

「なんといっても、お前は僕の身内だからね。ユウリが誰よりも尊重しようとするのは、間違いない」

「……あ、そ」

　最後は、なんだかんだ言いつつも、二人の絆を自慢される形となり、肩をすくめたアンリが、テーブルの上の資料を見て訊く。

「──で、兄さんは、何をそんなに熱心に調べているわけ？」

「もちろん、アシュレイの今回の目的だよ」

　言いながら手にした資料をパラッとテーブルの上に投げ出すと、シモンはそれらを示すように両手を広げて説明する。

「モーリスに頼んで、現在、彼らがいるはずのオーヴェルニュ地方で、ここ最近起きた事件のうち、アシュレイの気を惹きそうなものを、ピックアップしてもらったんだ」

「ふうん」

　そこで、資料の一部を取り上げたアンリが、「ジェヴォーダンの魔獣？」と、なんとも怪しげに読みあげた。

「なに、これ？」

「ああ、それなんか、もろにあの人の趣味だね」

「そうなんだ。……でも、惨殺死体とか書いてあるけど、あの悪魔は、オカルトを通り越して、ついに猟奇殺人に走るようになった？」

異母弟の容赦のない言葉に、シモンは楽しげに笑って答える。

「いや。さすがに、連続殺人犯《シリアル・キラー》にはなっていない。たぶん、ただの連続殺人犯には、興味もないと思う。それに、新聞記事によれば、その犯人は、人間ではなく動物らしい。そして、それだからこそ、あの人の気を惹いたのかもしれないし」

「え、なんで？」

理由を問われ、スッと表情を翳らせたシモンが、テーブルの上に広げたフランスの地図を指して説明する。

「警察は、どうやら、これを野犬の仕業《しわざ》と考えて、地元住人に注意を呼びかけているようなのだけど、こうやって、死体のあった場所を地図上で見ると、ちょっと変なんだよ。もし、本当に野犬の仕業なら、たとえ行動範囲が広くても、ねぐらを中心に同心円を描くような形になるはずだろう？」

「そうだね」

「だけど、こいつは、明らかに移動している」

シモンの長い指先が動くのを見ながら、「なるほど……」と同意したアンリが、自分なりの見解を述べた。

「ということは、仕事か何かで移動している人間の飼い犬の仕業？」

「そうだね。お前の言うとおり、誰かが移動させているか、でなければ……」

「狼《おおかみ》男《おとこ》のような魔獣？」

その言葉を、アンリはどこかからかうような口調であげたが、シモンは、存外真面目《まじめ》に応じる。

「確かに、普通に考えればありえない話だけど、なんといっても、あのアシュレイが、このあたりをうろつきまわっているからね。一概にないとも言い切れない」

アンリが目を丸くし、すぐに納得したように頷いた。

「そうか。言われてみれば、悪魔がうろついているなら、本物の魔獣だってうろつくかもしれない。あんがい、悪魔が魔獣を操っていたりして」

シモンが、水色の瞳をあげて厭《いと》わしそうに異母弟を見た。おそらく、シモン自身、その可能性を思いながら、考えないようにしているのだろう。

「――頼むから、そういう不吉なことを言わないでくれないか」

「ごめん」

「それに、アシュレイは、あれで、必要な場合を除いては、血なまぐさいことに手を出すことはないからね。たぶん、美的感覚が許さないんだろう。彼は、存在としての悪魔に興味はあっても、悪魔に生贄《いけにえ》を捧《ささ》げるような真似《まね》はしない。でなければ、いくら僕でも、アシュレイがユウリのそばをうろちょろするのを許したりはしないよ」

「まあね」

アンリも、それは、直感としてわかる。

アシュレイが犯罪者になったとして、大がかりな詐欺は働いても、殺人は絶対にやらないだろう。

少なくとも、みずから進んでは――。

「ただ」

シモンが、気がかりそうに続けた。

「あの人の実力からして、あまり考えにくいことだけど、放った魔獣が、彼の意に反して勝手に大暴れしているとしたら、その後始末にユウリを駆り出したとしても、おかしくはない」

「なるほど」

頷いたアンリが、手に持っていた記事を見おろして確認する。

「それが、これ?」

「うん。地元新聞によるところの『ジェヴォーダンの魔獣』」

「『ジェヴォーダンの魔獣』ねえ」

繰り返したアンリが、さらに「ジェヴォーダン、ジェヴォーダン」と何度か呟き、ひとり言のように続ける。

「なんか、どっかで見たことがあるような字面なんだよなあ。……どこで、見たんだったか。う〜ん。けっこう最近だった気がするんだけど」

シモンが、手助けするように口をはさんだ。

「新聞で見たんじゃなく？」

「……いや。そういうのとは違って」

考えながら答えていたアンリが、そこで「あっ」と声をあげた。

「思い出した。地下の倉庫だ！」

「地下の倉庫？」

訝しげに繰り返したシモンが、確認する。

「それって、この城の地下倉庫のことかい？」

「そう」

「でも、またなんで、そんなところに……」

「いや。先々週くらいだったと思うけど、マリエンヌとシャルロットが庭に埋める宝物を探すというんで、付き合わされたんだよ。――彼女たち、夜の森を歩き回るのは怖くないくせに、なぜか、地下の倉庫は怖いんだって」

「夜の森……？」

シモンが、眉をひそめる。

常識的に判断して、敷地内とはいえ、森と城の中を比べたら、どう考えても城の中のほうが安全だ。そして、できれば、彼女たちにも、夜の森に入ることのほうをもっと恐れてほしいところである。

それでも、シモンは、そのことには触れず、尋ねた。

「それで、地下の倉庫のどこで、ジェヴォーダンの名前を見たんだい？」

「壁のタペストリーだよ。入って左側の壁に、大きなゴブラン織のタペストリーがかかっているんだけど、そこに、ジェヴォーダンの文字があった。……それに、あれは、今思い返してみれば、騎士の一団が、一匹の魔獣を退治しようとしているところを表現した図柄であるかもしれない」

「まさか、『ジェヴォーダンの魔獣』についての物語ってことかい？」

「うん」

「でも、なんで、そんなものが、この城にあるんだろう？」

「さあ」

アンリが肩をすくめて応じ、すぐに悪戯《いたずら》っ子のような笑みを浮かべて続けた。

「あれは、どう考えても、僕がこの城に来るよりずっと前からあるだろうから、見当もつかないけど、ただ、それを言ったら、この城に、いまだ全部でいくつあるかわからない美術品やら工芸品やらの多くは、そんな感じだよね。いったい、いつ、誰の手で持ち込まれたのか、謎」

「まあね。——とはいえ、価値のある美術品や工芸品は、来歴がはっきりしたものばかりだよ。その手の芸術品は、所有者が移るたびに来歴が記され、それがまた作品の価値をあげたりするものだから」

そこで、一拍置いたシモンが、続ける。

「問題は、そうでない、名の知られていない人たちによって生み出されたものだろう。そういった作品の中には、あとになって有名になった芸術家のものが埋もれている可能性もあるし、実は由来はあるのだけど、資料の中に埋もれてしまってわからなくなっているものもある。——たぶん、お前が言うように大きなタペストリーであるなら、うちの売買記録や税務記録、ご先祖さまの日記なんかを調べれば、多少の由来はわかるはずだ」

シモンが言ったところで、テーブルの上のスマートフォンが、着信音を響かせた。

相手を確認したシモンに、アンリが訊く。

「ユウリ?」

「いや、モーリスからだ。おそらく、追加情報だろう」

そこで、手をあげたシモンが、ドアのほうを指しながら言う。

「悪いけど、アンリ。先に食堂に行ってくれないか。僕は、この電話が終わり次第、行くから」

「了解《ダコール》」

アンリが踵《きびす》を返したところで、シモンは、電話に出る。

「アロー、モーリス。――ああ、うん」

話し始めたシモンが、すぐに、「へえ」とどこか挑戦的な声をあげ、ソファーの背に深々ともたれこむ。

「やっぱり、そうか。ありがとう。――いや、すごいもなにも、それこそ、あの人がやりそうな嫌がらせなんだよ。なんといっても、今回、アシュレイに、自分たちの動きを隠す気はないようだから」

苦笑するシモンに届けられた情報は、ベルジュ家が直接経営しているフランス中部のホテルに、アシュレイとユウリが現れたというものだった。

シモンは、もしやと思い、あらかじめ、そういう名前の客が来たら、すぐに連絡するよう、伝えておいたのだ。

「うん、そう。……え？」

シモンが、電話口で苦笑する。

「……ふうん。ルームサービスでコース料理ねえ。ま、ユウリを餓《う》えさせることなく、美《お》味《い》しいものを食べさせてくれているのであれば、言うことなしだな。——あとは、会食の席に座る人間が問題なだけで。……うん。そうだね。打ち合わせどおり、よろしく」

電話を切ったシモンは、そこで「さて」と言いながら立ちあがり、「僕も、夕食を食べに行くとするかな」と呟いて、部屋を出ていった。

5

食事が運ばれてくるのを待つ間、ウェルカムドリンクとして置いてあったシャンパンを開け、グラスに注《そそ》いだアシュレイに、ユウリが言う。

「……アシュレイ、訊いていいですか？」

「質問にもよるな」

釘《くぎ》を刺され、ちょっと躊躇《ためら》ってから、ユウリは尋ねた。

「『ジェヴォーダンの魔獣』って、なんですか？」

すると、細長いグラスを取り上げながら青灰色の瞳を細め、アシュレイはおもしろそうに笑う。

「なんだ。その件には、もう興味ないんじゃなかったのか？」

「そうですけど……」

「じゃあ、答えるいわれはないな」

けんもほろろに断られ、グラスに口をつけたユウリが、ややあって訂正する。

「すみません。やっぱり、興味があるので教えてください。……というか、何かが気になっているみたいで」

「ふうん」

そこで、吟味するようにソファーの背にもたれ、シャンパンをゆっくり飲んだあと、ようやくアシュレイは口を開いた。

「『ジェヴォーダンの魔獣』というのは、十八世紀半ば、ジェヴォーダンやオーヴェルニュを中心に、フランス中南部の山岳地帯を襲った獣害だ。しかも、対象は、家畜ではなく人間の子供で、女児が多かったと言われている。記録によると、その被害は、二年半でおよそ百人にのぼったようだな」

「……すごい数ですね」

「ああ。しかも、そのうちの半数以上がジェヴォーダンで起きたため、この名前がついたんだろう。災いをもたらしたものを、彼らは、魔獣を意味する『ラ・ベート』という名前で呼び、恐れた」

「ラ・ベート」の名前は、先ほど、屋敷で会った老人の口からも聞いたばかりだ。

「それで、その『ラ・ベート』の正体はなんだったんですか？」

尋ねたユウリが、質問に続けて「狼？」と可能性をあげる。

「一般には、そう考えられている。最終的に、『ジャン』という名の狩人が、山中で大きな狼を仕留めてから被害がなくなったというのも、その説を後押ししているんだ」

「へえ」

「もっとも、当時の書簡などに残っている目撃証言によると、『ラ・ベート』の外見は、牡牛《おうし》のような頭に赤い毛並みで、跳《は》ねるように歩き、後ろ足で立ったりする。また、前足で獲物を挟み込んで貪《むさぼ》り食ったともあって、直立した時の高さは、人間の背をはるかに超えたと書かれている。……そのイメージに近いものというと、狼というよりは、むしろ」

「熊ですね」

　ユウリは、答えた。

「そう」

　頷いたアシュレイが、続ける。

「ただ、シャルルマーニュの時代に盛んに行われた大がかりな熊狩りのせいで、熊の姿は早い段階で、一部の山岳地帯をのぞくフランスの大部分から消え去ってしまい、当時の人間には、熊の存在や脅威の認識は薄かった。彼らが知っている熊というのは、動物園や見世物小屋で目にする、人間の支配下にある家畜に近いものだったんだ。それよりは、『赤《あか》頭巾《ずきん》』の童話に見られるように、森の恐怖というのは、もっぱら、餓えた狼によってもたらされた。それでも、さっき聞いたように、『ラ・ベート』の正体を熊と考えた人間はいたわけで、それ以外にも、はっきりと記録に残っているわけではないが、当時はまだ、ヨーロッパの田舎では魔女狩りの騒ぎが収まっていなかったから、そういった異常な事態を魔女や異端者のせいにすることもあっただろう。――あるいは、魔法とか」

「魔法……」

ユウリの呟きに、アシュレイが「そう」と答える。

「ラングドック・ルシヨンなどは、まさに異端者の温床であったし、そのあたりの山間部には新教徒の残党も多かった時代だ」

当時の宗教上の対立は、現在では考えられないほど熾烈《しれつ》を極め、その行為の残虐性については、現代まで続く同じ宗派の人間が、思わず蓋《ふた》をして目をそむけたくなるほど、ひどいものだったと考えられている。

アシュレイが続けた。

「そんな中、被害が拡大するのを懸念した、時のフランス国王ルイ十五世は、龍騎兵《りゅうきへい》を派遣するんだが、山狩りではさしたる成果をあげることができず、すぐに引き揚げさせることになった。その後も、王室狩猟官が送り込まれたり、狼退治の名人を雇ったりと、さんざん手を尽くした末、某貴族篤志家《とくしか》が指揮した山狩りで、さっきも言った『ジャン・シャテル』という狩人が、巨大な狼を仕留めたことで、この騒ぎは幕を閉じる」

「よかったですね」

「まあな。その際、使用されたのは、聖母像のメダルを鋳直《いなお》して作った銀の銃弾だったと言われていて、やはり、退治に乗り出した彼らも、相手は魔物だと考えていたことがわかる」

「それでも、退治したのは、あくまでも狼だったんですよね？」

「記録では、な。――とはいえ」

そこで、指をあげて注意を引きつけたアシュレイが、自説を展開する。

「もし、俺が、当時、その件に関わった人間だったとして、おのれの退治したものが、獣ではなく、獣の皮をまとった人間だったとしても、それを、正直に報告しようとは思わないだろう。へたをすれば、自分まで異端者扱いされてしまう」

「……そうかもしれませんね」

認めたユウリが、どこか思いつめたような表情で考え込んだ時、部屋のドアがノックされ、給仕が食事を運んできた。

話に夢中になって忘れかけていたが、注文した料理が運ばれてくるまでに、思ったより時間がかかっている。

しかも、テーブルに並べられていく料理は、二人分ではなく、三人分だ。

気づいたユウリが、「え？」と言って、アシュレイを振り返った。

「なんで、三人？」

まさか、実は、彼らに見えていない人間がここにいるのかと、定番の怪談を思い浮かべたユウリが気味悪がっていると、すでに、ディナーテーブルのほうに移動していたアシュレイが、ナプキンを取りながら、どうでもよさそうに応じた。

「さて。俺は頼んでいないが、おそらく、招かれざる客がいるんだろう」

「客？」

するると、その声に応えるように、甘くよく通る声が室内に響いた。

「ああ。ギリギリ、間に合ったようで、よかった」

同時に、扉口に姿を現したのは、この豪奢《ごうしゃ》な部屋に最も似つかわしい、立ち姿も優美なシモンだった。

「うそ！　シモン⁉」

ダイニングの椅子の背に手をかけたまま、バカみたいに大口を開けて驚いているユウリに近づき、口を閉じさせるように顎に手をそえて頬《ほお》にキスしたシモンが、顔を放したところで答える。

「気持ちはわかるけど、ユウリ、さすがに、その顔は、他人様には見せられないよ」

「……あ、ごめん」

謝ったユウリが、隣に腰かけたシモンに遅れて座り込みながら、尋ねる。

「だけど、シモン、ロワールの城にいたはずじゃ……。それに、明日の準備とかいろいろあるはずだよね？」

「そうだけど、ロワールからここまで、ヘリを飛ばせば三十分もかからないし、準備のほうだって、僕の緊急時には、代役として頼りになるアンリが控えているからね、なんの問題もないよ。――それに、しょせんは、双子の誕生日会だ」

とたん、鼻で笑ったアシュレイが、嫌味っぽく言った。

「緊急時が、よそでの夕食にありつくこととは、さすが、究極のわがまま坊ちゃんだ」

「それはどうも。それだけ、この会食が楽しみだったってことですよ。――それに、てっきり、アシュレイも同じ想いでいてくださると思っていましたが?」

親友の言葉を聞いて、不思議そうにアシュレイを見やったユウリが、呟く。

「……アシュレイも同じ?」

だが、したり顔で笑いながらシャンパンの残りを飲み干したアシュレイが、黙ったまま何も答えてくれなかったので、代わりに、シモンが、ユウリに対し、驚くべき事実を教える。

「もしかして、アシュレイは、君に話さなかったのかい?」

「何を?」

「このホテルは、ベルジュ家が直接経営しているもので、さらに、この部屋は、僕が予約しておいたんだよ」

「――え、どういうこと?」

ユウリは、訳がわからなくなって、訊き返す。

予約していたというが、それなら、アシュレイがここに来たのは、偶然ではなかったということか。

だとしたら、いったい、どこからが、アシュレイの計画のうちなのか――。

シモンが、彼なりの計略を話してくれる。

「君が、電話口でオーヴェルニュに向かうと教えてくれたので、アシュレイのあざとさから考えて、きっと、次はここに寄るんじゃないかと推測したんだよ。――ロンドン大学に足跡を残したようにね」

「ロンドン大学？」

事情を知らないユウリが、意味がわからないというように繰り返す。だが、「うん」とだけ答えたシモンは、詳しい説明を端折《はしょ》って、先を続けた。

「そうしたら、案の定、二人がやってきた。……もっとも、コンシェルジュに伝えた名前は、僕の名前だったようなので、アシュレイには、こっちの考えなんてお見通しだったみたいだけど」

つまり、アシュレイは、わかったうえで、シモンの計略に乗ったのだ。もっと言ってしまえば、これまでの流れからして、シモンがそういう行動を取ることまで計算のうちだったのかもしれない。

説明を聞いたユウリが、複雑そうに黙り込む。

その横顔を見つめ、アシュレイが意地悪く言った。

「――な、言っただろう、ユウリ。このお貴族サマは、存外、俺との駆け引きを楽しんでいるんだよ」

とたん、シモンが厭わしそうに秀麗な顔をしかめた。

「その言われ方は、心外ですね。僕の場合、やむを得ずであって、相手をしなくていいのであれば、それに越したことはありません」

アシュレイに釘を刺したあと、ユウリに対しても念を押す。

「ユウリも、この人の虚言に振り回されて、変な気を回すのだけは、やめてくれるかい？」

「――ああ、うん。わかった」

どうやら、それがシモンの本音らしい。

それがわかって、ひとまず、ホッとするユウリだった。

第四章　ウルスラの銃弾

1

　ユウリとシモン、アシュレイの三人がテーブルを囲み、豪華なフランス料理のコースを食するという、異色の晩餐《ばんさん》が始まった。まさに、蛇《へび》とカエルとナメクジが、仲よく食事をしているようなものだろう。

　食べる気も失せそうな取り合わせであるが、あんがい、おのおの、美食を楽しんでいる。

　タイプの異なる三人の共通点をあげるとしたら、その一つに、どんな時でも、出された食事は美味《おい》しくいただくというポリシーがあるからかもしれない。

　前菜として出てきたフォアグラのソテーを食べたユウリが、「あれ？」と意外そうな声をあげる。

「これ、西京焼きの味がする」

シモンが答える。

「そうだよ」

「でも、なんで？」

西京味噌《みそ》は、日本の調味料だ。

それが、いくら三つ星とはいえ、都心を離れたフランスのレストランで使われているなんて――。

驚くユウリに、シモンが説明する。

「ほら、以前、日本で懐石をご馳走《ちそう》になった時、出てきただろう？」

「そうだっけ？」

曖昧《あいまい》なユウリに、「うん」と頷《うなず》いたシモンが、続ける。

「それが、あまりにも美味しかったものだから、ここで食事をした時に、シェフに話したんだ。そうしたら、彼、わざわざ日本まで、その店の料理人に会いに行って」

「日本まで？」

ユウリが驚く。

これだけインターネットが普及している今なら、メールの一本ですみそうな話だが、きっと、こういうことは、直接行って頭をさげるという心意気が大事なのだろう。

「相手も、フランスから来てくれたというので、懇切丁寧《こんせつていねい》に教えてくれたうえに、お勧めの西京味噌をお土産に持たせてくれたって」

「ふうん」

　ユウリは、感心する。

　一流の人間というのは、才能はもとより、こうと思ったことをやり遂げるだけの根性があって、初めてその域まで到達できるものなのだろう。

　そんなことをユウリが思っていると、同じように思ったのか、アシュレイがあげつらうように口をはさんだ。

「ナマケモノのお前には、とうていできない芸当だろう、ユウリ」

「そうですね」

　実際のユウリは、言われるほどナマケモノではないのだが、目の前の二人ほどには精力的に動かないし、のんびりと時間を過ごすのが好きなのも事実なので、反論できない。

　シモンが、さりげなくフォローする。

「ユウリには、ユウリなりの生き方がありますから」

　その後、メインの料理を食べ終わり、ワインの残りを空けたところで、シモンが「ところで」と、核心に触れる話題を振った。

「今回、アシュレイが興味を持っているのは、『ジェヴォーダンの魔獣』と考えていいんでしょうか？」

それに対し、アシュレイが話を誤魔化《ごまか》さないよう、ユウリが急いで答えた。

「そっちじゃなく、『王の熊《くま》』のほう」

すると、ユウリを見て首を傾《かし》げたシモンが、「『王の熊』？」と訝《いぶか》しげに繰《く》り返して続ける。

「それについては、残念ながら、なんの情報も得ていないけど、それはいったい、なんなんだい？」

「えっと、それは……」

言いかけて、キョロキョロとあたりを見まわしたユウリは、「説明するより、見てもらった方が早いかも」と続けながら、ソファーの上に置きっぱなしになっていたアシュレイのタブレット型端末を持ってくると、画面にアイコンが残っていた写真を拡大して、シモンに見せた。

「ほら。これなんだけど」

その際、黙ってユウリから端末を受け取ったシモンではあるが、その表情は、いささか複雑そうだ。明らかにアシュレイの私物とわかるものを、ユウリが自分のもののように扱っているのが、奇妙に映ったからだろう。

さらに言えば、手にしたグラスを傾けるアシュレイが、そのことについて何も言わないのも、不気味だった。いつもなら、シモンの関与を疎《うと》ましがる男が、今回に限って、その素振りを見せない。

その真意は、いったい、どこにあるのか。

気になることはたくさんあったが、ひとまず、シモンは写真に集中する。

「これが、『王の熊』?」

「そう、その由来は――」

ユウリがアシュレイから聞いた話とその後の経緯を伝え、シモンが頷く。

「確かに、その話は、何かで読んだことがあるよ」

「それなら、ウィリアム征服王に下賜《かし》された熊が猟犬に殺されたのは、本当なんだ?」

「たぶんね。……それにしても、あの惨劇の裏に、こんなものがあったとは、驚きだな」

熊皮の写真を見ながら、シモンが言った。

村を襲った惨事のことは、首都パリでも大きく取り上げられていた。災害対策や村の復興のために、ベルジュ・グループも、幾ばくかの寄付金を出している。

「魔物の仕業《しわざ》か……」

呟《つぶや》いたシモンが、指摘する。

「――まあ、それはともかく、今の話を聞く限り、今回、アシュレイの用事は空振りに終わったと思っていいんだね?」

「……うん、たぶん」

ユウリが自信なさげなのは、シモンが現れる前にアシュレイと話していた「ジェヴォーダンの魔獣」のことが気になっているからだろう。

すると、それまで黙って二人の会話を聞いていたアシュレイが、椅子《いす》の背に寄りかかり、両手を頭のうしろで組みながら、「『たぶん』、ねえ」と口をはさんだ。

「言い切るだけの確信もないくせに、そんな安易な結論をくだしちまって、いいのか、ユウリ？」

「いいのかって……」

シモンと顔を見合わせてから、ユウリが、アシュレイを振り返って尋ねる。

「もしかして、まずいですか？」

「ああ」

迷いなく頷いたアシュレイが、揺るぎない声で続ける。

「断言してやるよ。お前は、自分の甘さを、一〇〇％《パー》、後悔することになるだろう」

「なぜです？」

「どうやら、お前は、何もないことにしたいようだが、こっちが望んでも、向こうがそうしてくれるとは限らない」

言いながら身を乗り出したアシュレイは、片手でテーブルの上のタブレット型端末を操作して、フランスの地図を呼び出した。さらに、表示された地図の上に、彼が指でバツ印を描くと、まるでペンを使って書いたように、その部分に赤いバツ印が浮かび上がる。

「印をつけたところが、今回、惨殺死体があがっている場所だが、こうして、地図上で見た場合、全部を結んだ線の先には、何がある？」

「結んだ先？」

事件現場は、南から北上してきているので、「先」といったら北になる。

ユウリとシモンが角を突き合わせるように同時に覗《のぞ》き込み、ややあって顔をあげたシモンが答えた。

「この並びからすると、事件現場の延長線上にあるのは、うちの城ですか？」

「ご名答」

「――え、本当に？」

気づかなかったユウリが、慌《あわ》てて、もう一度、地図に目を近づけて探していると、シモンが長い指で城のあるところを丸で囲んでくれた。

「ベルジュ家の城は、地図上では、この位置になる」

それは、まさに、アシュレイが引いた線の延長線上に位置していて、目の当たりにしたユウリが、愕然《がくぜん》とする。

「ということは、まさか、アシュレイは、この得体の知れない何かによる被害が、シモンの家にも及ぶと考えているんですか？」

「まあ、普通に考えれば、そうなる」

それに対し、シモンが疑わしげに「でも」と応じる。

「申し訳ありませんが、さすがにそれは杞憂《きゆう》に終わると思いますよ。なんといっても、うちの城のまわりには最新の防犯システムが張り巡らせてあって、敷地内への侵入は簡単ではないですから」

「それはわかっているが、そうはいっても、あの広さなら、万全とはいかないだろう。それに、もし、相手がただの野犬の類《たぐ》いでなければ、普通の警備システムが通用するとも思えないし」

「ただの野犬ではない……？」

ユウリとシモンが、再び顔を見合わせる。

ユウリが訊《き》いた。

「それなら、やっぱり、この事件は、野犬の仕業などではなく、『ジェヴォーダンの魔獣』か何か、それに相当する魔物が関係していると、アシュレイは思っているんですね？」

「そうだが……」

答えたアシュレイが、軽く目をすがめてユウリを眺め、少々呆《あき》れたような口調で続ける。

「お前は、何を、今さら、そんなつまらないことを確認しているんだ。俺たちは、今日一日、ずっとその件を追っていたはずだが、その間、その漆黒《しっこく》の瞳《ひとみ》は何を見ていた？　マジで節穴か？」

「何って……」

改めて問われると、自分が何を見ていたのかわからなくなる。ただ、気づけば、アシュレイに連れられ、フランスの田舎を旅していた。

「そもそも」

アシュレイが、つまらなそうに宣言する。

「それ以外に、俺がこの件に向ける興味はない」

「なるほど……」

ユウリに代わり、シモンが小さく呟いて納得する。

アシュレイは、最初から、これが目的だったに違いない。

ベルジュ家に降りかかる災難――。

それを、おもしろおかしく高みの見物でもしようというのだろう。だから、今回に限って、あちこちに足跡を残しておいた。いつもは忌避しているシモンを、自分の計画に引きずり込むために――。

ただ、この件について、アシュレイが、そこまでの確信を持っている理由が、まだわからない。そんな思いを秘めて疑わしげに見返してくるシモンに対し、アシュレイが「お前」と、失礼にも人差し指を突きつける。

「もちろん、ここに来る前に、俺が興味を持ちそうな事件について、あれこれ調べてきたんだろう？」

「まあ、時間が許す範囲で、ですが」

「それで、何がわかった？」

「何……と言われても、たいしてわかったことはないですよ。『ジェヴォーダンの魔獣』については、一般に言われていることくらいです」

「――本当に？」

底光りする青灰色の瞳で見すえられ、シモンが澄んだ水色の瞳を細めて応じる。

「そうですね。――ああ、ただ、一つだけ。これは、情報ともいえないような些細《ささい》なことですが、アンリの話では、うちの城の地下倉庫に『ジェヴォーダンの魔獣』をモチーフにしたタペストリーがあるとのことです。時間がなかったので、僕はまだ現物を見ていませんが、弟の言うことだから間違いないと思います」

「ふうん」

相槌《あいづち》を打ったアシュレイが、「――で？」と促す。

「他には？」

「他は、特に」

「特に、ねえ」

アシュレイが、どこか蔑《さげす》むようにあげつらう。

「つまり、それが限界ってことか。お前のところの情報網も、さして当てにならないな」

さすがに矜持《きょうじ》を傷つけられたらしいシモンが、眉《まゆ》をひそめて問う。

「それなら、教えていただけませんか？　――貴方は、この件について、何を知っているというんです？」

「まあ、少なくとも、お前よりはいろいろだな」

居丈高《いたけだか》に座り高飛車に言い切ったアシュレイが、続けて、その高慢さに見合う驚愕《きょうがく》の事実を告げる。

「『ジェヴォーダンの魔獣』の退治に関わった貴族――、一般に名前は知られていない篤志家のことだが」

「狩人ジャン・シャテルを雇い、山狩りを行った貴族ですね？」

「ああ。念のため、当時の書簡などを漁《あさ》った結果、そいつは、現在のベルジュ家――正確には、ベルジュ夫人の家系の先祖に当たることがわかった」

シモンとユウリが、目を丸くして驚いた。

「――まさか⁉」

とたん、アシュレイが、不機嫌そうにジロッとユウリを睨《にら》んだ。

「こんなことで、ウソをついてどうする」

「そうですね。すみません。ちょっと驚きすぎてしまって」

「悪いが、呑気《のんき》に驚いている場合じゃないぞ。そのことから推測するに、万が一、この件に――」

言いながら、アシュレイは端末上の地図を顎《あご》で指して続ける。

「『ジェヴォーダンの魔獣』が関わっていると考えた場合、そいつの通り道に、偶然、ベルジュ家の城があるわけじゃない」

そこで一拍置き、宣言した。

「高慢ちきなお貴族サマの城こそが、奴の最終目的地だ」

2

六月の長い日が、ようやく西の地平線に沈んだ頃。

ユウリとシモン、アシュレイの三人を乗せたヘリコプターが、広大なベルジュ家の敷地内に着陸した。

城のだだっ広い玄関広間に現れたユウリを、ベルジュ家の双子が狂喜乱舞して迎える。

「きゃ～、ユウリ！」

「会いたかった！」

言いながら駆《か》け寄り、両側から抱きしめようとしたが、飛びつく寸前になって、ユウリの背後に現れた黒い人影に驚き、その場で「回れ、右」をすると、大慌《おおあわ》てでアンリの背後に隠れた。

そこから、恐々《こわごわ》と顔を覗かせ、口々に言う。

「大変。ユウリに悪魔が憑《つ》いているわ」

「どうしましょう。ユウリが、悪魔につかまっちゃった」

それに対し、双子を背後に庇《かば》ったまま、異母弟《いぼてい》のアンリが嘆《なげ》かわしそうに言った。

「……そっちも、連れてきちゃったんだ？」

「ああ、うん。いろいろと事情があってね」

答えたシモンが、アンリの肩を叩《たた》いて付け足す。

「――ということで、彼も、僕のお客様だから、失礼のないように」

「了解」

肩をすくめてしぶしぶ応じたアンリが、「あ、そうだ」と報告する。

「あのあと、タペストリーについて、わかる範囲で調べて、兄さんのスマホに情報を送っておいたから、時間がある時にでも見てくれる？」

「へえ。ありがとう」

早速スマートフォンを取り出しながら弟の前を通り過ぎたシモンだったが、ふと、思い直したように足を止め、双子を振り返って釘《くぎ》を刺す。

「――ああ。お前たちは、彼に近づかなくていいよ」

「彼」とは、もちろんアシュレイのことで、「わかった」と言うようにぶんぶんと首を縦に振った二人は、シモンに続いて通り過ぎていく長身瘦軀《ちょうしんそうく》の男を、アンリの陰からそっと見送る。その際、高い場所から底光りする青灰色の瞳でジロッと見おろされ、二人一緒にブルブルッと震えあがった。

そんな二人の頭を、最後に通ったユウリが片手でポンポンと順番に叩く。

それだけでパッと明るさを取り戻した二人が、声を揃《そろ》えてユウリの名前を呼んだ。

「ユウリ！」

「ユウリ！」

「やあ、マリエンヌ、シャルロット。久しぶりだね。会えて嬉《うれ》しいよ」

二人の頬《ほお》にキスしながら言うと、キスを返しながら、彼女たちが口々にまくしたてる。

「私たちもよ」

「招待状は、受け取った？」

「……ああ、えっと。残念ながら、受け取れなかったけど、場所はすぐにわかったよ。ありがとう」

「そうなんだ。あのあと、メール、したんだけど」

「返信がなかったから、心配で」

「ごめん。ケータイが壊れたんだ」

すると、双子を両脇《りょうわき》に従えたアンリが、「壊れた、ねえ」と意味深に言って、黒褐色《こっかっしょく》の瞳で文句ありげにユウリを見つめる。

そんなアンリを見返し、ユウリが柔らかく微笑《ほほえ》んだ。

「やあ、アンリ。元気そうだね？」

「うん。お陰様で。ユウリは、げっそりしてないか？」

言いながら、ユウリの頬にキスしたアンリが、アシュレイのほうを顎で示す。

「――で、アレは、いつまでいると思う？」

「そうだな。明日……明後日までかな」

そんな会話をする二人を、シモンが呼ぶ。

「ユウリ、こっちだよ。――それと、アンリ。悪いけど、アシュレイを、『ユウリの間』に案内してくれないか」

アンリが、驚いたように長兄を見た。

「嘘だろう？」

「嘘じゃないよ」

真面目《まじめ》に応じたシモンが、続ける。

「この週末は、あちこちから親族が集まってきているので、他に手入れのされている部屋はないだろう。心配せずとも、ユウリには、僕の部屋で寝てもらう」

それに対し、問題となっているアシュレイが「せっかくだが」と口をはさんだ。

「こうして、堂々とベルジュ・コレクションを閲覧できるんだ。俺は、図書室で夜明かしさせてもらう」

シモンが、水色の瞳を向けて問う。

「本気ですか？」

「ああ。こんな機会は、めったにないからな」

「そうですか。それなら、図書室にはカウチもあるので、そちらに枕《まくら》と毛布を用意させます」

シモンが言うと、アシュレイが、「それより」と告げた。

「例のタペストリーは？」

「それは、こっちです」

夜も更《ふ》けつつあるので、部屋に案内しようとしていたシモンは、そこで方向転換しながら片手を翻《ひるがえ》し、先に立って歩き出す。

ユウリとアシュレイが、そのあとをついていく。

歩きながら、シモンが城の歴史について話し出した。

「実を言うと、この城にベルジュ家が居を移したのは、戦後間もない頃で、もとは、母の一族のものだったんですよ。――もっとも、こんなこと、アシュレイは、とっくにご承知でしょうけど」

「そうだな」

あっさり頷いたアシュレイと違い、知らなかったユウリは、仰天して訊き返す。

「そうなんだ？」

由緒ある名門貴族であるベルジュ家なら、先祖代々、ここに住んでいるほうが、イメージに合うせいだろう。

ユウリの純粋な驚きに対し、シモンが苦笑を交えて説明する。

「フランスは、島国であるイギリスと違って、あらゆるものに国土を蹂躙《じゅうりん》された歴史を持つからね。なかなか、先祖代々の土地を維持するのは難しかった。そんな中、このロワールの城は、珍しく、母方の一族が長く所有していたものなんだよ。――とはいえ、フランス革命中は、一族揃ってイギリスに亡命していたため、当然、城は放棄されていたし、その後も、ほとんど人が住まうことのないまま、ナチスの補給部隊に占領されたという話も聞いている。その間、城の中はずいぶんと荒らされたようだけど、当時、隠し部屋となっていた地下の倉庫にあったものは、手つかずに残ったんだ。結局、倉庫の存在が明らかになったのは、ほとんど廃墟《はいきょ》と化していた城を、母の一族からベルジュ家が買い取り、大改築した時だ」

「へえ」

相槌を打ったユウリが、「あれ、でも」と不思議そうに訊く。

「ベルジュ夫人の一族からって、もしかして、ご両親は近親婚？」

シモンが意外そうにユウリを見おろして、訊き返す。

「なぜ、そうなるんだい？」

「だって、婚姻で買い取ることになったんじゃなく？」

「違うよ。ただ、買い取ったんだ。それに、一言で『一族』と言っても、以前の城の持ち主と母は、系図を辿《たど》らなければ関係性を見出せないくらいの遠戚《えんせき》だからね。……まあ、結果的に、以前の持ち主の一族として、この城に出戻ったわけだけど」

そこまで言ったシモンが、片手でスマートフォンを操作しながら、「だけど、僕が言いたかったのは、そんなことではなく」と、アシュレイに向き直りながら、続けた。

「これから見るタペストリーは、アンリが調べた限りでは、どうやら、この城の持ち主であった母の一族が、フランス革命の前に、ジェヴォーダンでの功績を讃《たた》えるという意味で作成させたもののようです。――つまり、先ほどアシュレイがおっしゃったことは、事実ということになりますね」

「当たり前だ」

アシュレイが、バカバカしそうに吐き捨てる。疑われるなど、もってのほかと言いたいのだろう。

そんな話をする間、三人はひたすら廊下《ろうか》を進み、角を曲がって、またしばらく歩いたところで、シモンが扉を開けたので、てっきり着いたのかと思ったら、そこからさらに階段をおり、また扉を開けて出ると、そこは、地下の廊下だった。

その廊下を歩き、ついに、目的の場所に着く。

倉庫に入る前に来た道を振り返ったユウリは、正直、ここから一人で戻る自信は、まったくなかった。

空調の行き届いている倉庫の中は、湿っぽくなく、黴臭《かびくさ》くもなかったが、照明を落としていて薄暗い。

その薄暗い明かりの下、シモンは側面の壁にかかったタペストリーを示した。

「おそらく、これのことでしょう」

シモンが言うと、自分の胸ポケットからペン型ライトを取り出したアシュレイが、タペストリーを照らしながら頷いた。

「そのようだな」

色落ちしていて、よくよく見ないとわからないが、確かに、画面の左側には、森の中で大勢の騎士が何かを取り囲む姿があるようだ。その中心にいるのは、毛むくじゃらの化け物で、胸から血を流している。

何より不気味なのは、その化け物が、頭は動物であるのに、身体《からだ》の内側は人間の肢体に見えることだった。

それに対し、画面の右側は若干すっきりした構図で、ライフルを手にした狩人と、その狩人を囲むように、右側に身なりのよい紳士が、左側に小熊の口に手を当てて従わせている女性がいた。その女性の頭には後光が射しているので、おそらく、女神とか聖女であろう。

一度、全体をゆっくりと照らしたアシュレイが、左のほうに焦点を当て、毛むくじゃらの化け物をクローズアップする。

「何に見える？」

アシュレイの問いに、シモンが答える。

「これが、『ジェヴォーダンの魔獣』の伝説を描いたものであるなら、本来は、狼《おおかみ》――あるいは、人狼《じんろう》のはずですが……」

前置きしたあと、正直に言った。

「どう見ても、熊ですね」

「ああ」

「しかも、半身半獣……」

「そう。そして、俺からすると、これに最も近い存在は、チュートン系の『ベルセルク』だ」

「『ベルセルク』？」

呟いたシモンが、改めてタペストリーを見て、「確かに……」と呟いた。

「言われてみれば、そのとおりですね」

ユウリが、訊く。

「すみません。『ベルセルク』って、なんですか？　――日本のアニメに、そんな名前のタイトルがあった気もするんですが、内容を知らなくて……」

ユウリを見おろしたシモンが、「『ベルセルク』というのは」と説明する。

「ゲルマン民族の神話や伝説に出てくるもので、一種、神憑《かみがか》り的な破壊力でもって敵味方関係なく殺していく戦士のことを言うんだよ。その特徴として、素肌に熊の毛皮をかぶることから、その名前がついたとも言われる」

「熊の毛皮……」

そこで、ユウリがアシュレイを見る。

「それなら、もしかして、盗まれた『王の熊』の毛皮を着た誰かが、『ベルセルク』と化して、人を襲っているということですか？」

「そう考えると、辻褄《つじつま》は合う」

「だけど」

シモンが、疑わしげに反論した。

「熊の毛皮をかぶったくらいで人が化け物になっていたら、正直、世界中、大変なことになりませんか？」

「もちろん」

アシュレイが、あっさり応じた。

「のべつまくなしってわけじゃない。当然、そこには、そうなるだけの魔法が介在するはずだ」

「魔法……ですか」

半信半疑の口調で繰り返したシモンを、アシュレイがからかうように見返して、「そう」と続ける。

「さっき、ベルジュは、『ベルセルク』のことを『神憑り的』と言ったが、そもそもの手順として、『ベルセルク』になるには、熊皮をかぶるだけでなく、オーディンの魔法をかけられる必要がある」

「なるほど」

頷いたシモンの横で、ユウリが訊く。

「――オーディンって、北欧神話の主神ですよね？」

「……ああ」

さすがに、そこを確認されるとは思わなかったらしいアシュレイが、食傷気味に頷いているると、まだ疑わしげなシモンが主張する。

「だけど、『ベルセルク』にしろ、『オーディン』にしろ、すべては北欧のものであるはずなのに、それが、なぜ、フランスの中南部なんかに現れたりするんです？」

「そう思うのは、お前が名称に囚われているからだろう」

「名称？」

繰り返したシモンが、訊き返す。

「どういう意味です？」

「北欧は、キリスト教化されるのが遅かったから、チュートン系の神話が原型に近い状態で残ったわけだが、キリスト教化される以前、ヨーロッパ各地には、似たような神話体系や信仰を持つ民族が、大勢住んでいた。いわゆる、『ゲルマン・ケルト』だな。そして、『ベルセルク』に通じる熊に対する信仰も、ヨーロッパ中に散ったゲルマン人の間で広く行われていたはずだ。だからこそ、シャルルマーニュを始めとするカトリック新興国の支配者たちは、躍起になって熊殺しを行ったんだ」

「熊殺し？」

「実際に大規模な熊狩りも行われたし、信仰の対象としての熊の地位も剝奪《はくだつ》している。伝記として、聖コロンバヌスを始めとする諸聖人に従わせることで、上下関係をはっきりさせたんだ。さらに言えば、キリスト教化された国家が、王の象徴としてライオンを持ち込むまで、ヨーロッパにおける王の象徴は熊だった。そのいい例が、アーサー王であるわけだが」

「……ああ、まあ、そうですね」

納得したシモンに対し、ユウリが首を傾げて呟く。

「アーサー王？」

それに対し、シモンが横から教えてくれる。

「アーサー王の名前は、インド・ヨーロッパ語圏で熊を表す『art』や『arth』に由来するものではないかと考えられているんだよ」

「へえ」

感心するユウリを置いて、アシュレイが話を進める。

「それに、場所に関していえば、フランス中南部の山岳地帯からスペイン、あるいは南仏の海岸線にかけては、かつて、ゴート族やランゴバルド族などが流れこんだ地で、学術的に立証が難しく、現在では否定的になっているとはいえ、ゴート族は、もともとスカンディナビア半島にいた部族という説もあったくらいだ。それでなくとも、同じゲルマン系の民族であれば、彼らが、北欧神話に語られているように、熊を崇拝し、毛皮をまとうことで熊の持つ生命力を身に宿すような魔術を持っていなかったとは言い切れないだろう。しかも、このあたりは、キリスト教化されたあとも、異端の発生が絶えなかった場所で、それらの魔術がひっそりと受け継がれた可能性は、十分にある」

「確かに」

相槌を打ったシモンに対し、指をあげたアシュレイが、「おそらく」と続けた。

「『王の熊』には、そういった異端時代に、古い呪術《じゅじゅつ》を研究した誰かがかけた魔法が、今もって解けずに残っているんだろう。そのせいで、サンマルタン教会で封印しておく必要があった」

そこで、シモンが当然の疑問を口にする。

「なぜ、サンマルタン教会なんです？」

「それはもちろん、アーサー王と同様、名前の綴《つづ》りの中に『art』を含むこの聖人を祝う日は、ヨーロッパ各地で収穫祭が行われた十一月十一日で、この日は、かつて、熊の冬眠を祝う日でもあったからだ」

「熊の冬眠」

ユウリが、感心したように繰り返す。

なんで、そんなことまで知っているのか。どうやら、アシュレイの博覧強記ぶりは今回も健在のようで、改めてそのすごさを実感しながら、ユウリは確認する。

「……それなら、昔も今も、人を襲う魔獣の正体は、『王の熊』の熊皮をかぶった『ベルセルク』だったということですか？」

「ああ」

すると、シモンが、なんとも憂鬱《ゆううつ》そうな表情で顔をあげた。

「……今の話を聞いていて、ちょっと思い出したことがあるんですが」

「なんだ？」

「ナタリーに聞いた話なんで、つい念頭から追いやっていましたが、先週末以来、パリ大学の学生が一人、行方不明になっているそうです」

「学生？」

「ええ。マックス・ジークムントという男子学生ですが、どうやら、その人物、先週末にフランス中南部の山岳地帯に向かったようなんですよ。――少なくとも、行く予定だったとか」

「なんのために？」

アシュレイの確認に、シモンがちょっと嫌そうに秀麗な顔をしかめた。

「――あまり言いたくはありませんが、どうやら、悪魔降臨のパーティーをするためだったようですね」

とたん、顔をあげたユウリが、気の毒そうに尋ねる。

「それ、もしかして、ナタリーも誘われたりしている？」

「うん。だから、知っていたわけだから。――もっとも、さすがに彼女も、その誘いは断ったそうだけど」

アシュレイが、楽しげに突っ込む。

「魔女のくせに？」

「彼女曰《いわ》く、自分たちの活動は、もっと上品で崇高なものだそうです」

「なるほど。つまり、そいつらは、下品で即物的ってことだな」

「そうでしょうね。なんといっても、その学生は、動物の毛皮だけをまとった姿で、異性を交えたその手のパーティーをしているところを動画サイトで流し、危うく放校処分になりかけたくらいですから」

　アシュレイが小さく口笛を吹き、ユウリが驚く。

「なりかけたということは、ならなかったんだ？」

「権力者の息子だからね。――当たり前だけど、本来なら、間違いなく退学だよ」

　蔑むように応じたシモンが、「それはともかく」と、話を本筋に戻す。

「問題はそれだけでなく、そのジークムントという学生が、学内で主催しているサークルの名前が、こともあろうに『オーディンの息子たち』なんです」

「へえ」

　そこで、アシュレイが青灰色の瞳を細めた。

「『オーディンの息子たち』ね。――それで、欠けていたピースが、見事、はまるってわけだ」

「欠けていたピース？」

　ユウリが不思議そうに訊き返すと、ジロッと見おろしたアシュレイが、ユウリの額に指を突きつけ、咎《とが》めるように言った。

「だから、そういうマヌケな訊き返しをする前に、たまにはここを鍛えろと、何度も言ってんだろう」

「……すみません」

とっさに首をすくめたユウリに、アシュレイが説教口調で説明する。

「いいから、思い返してみろ。あのご老体は、『王の熊』が盗まれた当夜、村に、若者たちの一団が来たと言っていなかったか？」

「ああ、そういえば、そんなことを言ってましたね」

「おそらく、それが、マックス・ジークムントのパーティー仲間だ。そして、主催者として封印の解かれた熊皮をまとったマックス・ジークムントが、その場で『ベルセルク』と化した。警察が彼らのことを把握《はあく》していないのは、逃げのびた人間がみな、自分たちのやっていたことを告白する勇気がないか、でなければ、いまだに信じられずに混乱しているからじゃないか」

「なるほどねえ」

呑気に頷いたユウリの額を思いっきりはじいたアシュレイが、「イタッ」と呻《うめ》いた声を無視して、宣言する。

「ということで、お前たちがやるべきことは、ただ一つ。――ヒツジならぬ、熊の皮をかぶったマックス・ジークムントを退治することだ」

それに対し、また額を突かれる恐怖と闘いつつ、ユウリが尋ねた。

「簡単に言いますけど、どうやって？」

「もちろん、かつて『ラ・ベート』を倒した銀の銃弾を使ってだよ」

　明快に答えたアシュレイが、シモンを振り返って確認する。

「そこで、お前に訊きたいんだが、この部屋に、他に、『ジェヴォーダンの魔獣』にまつわるようなものは、なかったのか？」

「他にねえ……」

　そこで、優雅に首だけをめぐらせて辺りを見やったシモンが、ややあって顔を戻し、小さく肩をすくめて問い返す。

「たとえば？」

「たとえば」

　言いながら、アシュレイは、手にしたペン型ライトでタペストリーの右側を照らしながら続ける。

「狩人を象《かたど》った置物とか、聖ウルスラが描かれた小箱とか」

「聖ウルスラ……？」

　呟いたシモンが、何か閃《ひらめ》いたように水色の瞳を輝かせる。

「なるほど、そうか。あれは、聖ウルスラだったのか」

　ユウリが、親友を見あげて訊く。

「シモン、心当たりがあるんだ？」

「そうだね。——ただ、困ったことに、けっこう、やっかいな話になるかもしれない」

「やっかい？」

「うん」

頷いたシモンが、説明する。

「ユウリは、うちの双子が、何にはまっているか、知っているだろう？」

「……宝探しのこと？」

「そう。それで、つい最近、この部屋にあった木彫《きぼ》りのマリア像を庭に埋めたそうなんだけど、彼女たちの話では、そのマリア像は、熊に座っていたって」

「熊……」

そこで、ユウリの視線がタペストリーに流される。

そこには、猟銃を構える狩人を補佐するように、小熊を手なずける女性の姿が描かれている。知識の乏しいユウリに確信はないが、これまでの話からして、それが「聖ウルスラ」であるらしい。

「つまり、二人が埋めたのは、マリア様ではなく、聖ウルスラ？」

とたん、アシュレイが冷笑する。

「どっちにしろ、不敬罪は免れそうにないな。さすが、バベルの塔を築きつつあるベルジュ家の一員、高慢極まりないお貴族サマの妹たちだ。……もしかして、この城は、魔女の巣窟《そうくつ》なのか？」

　反論できずに両手を広げたシモンに対し、ユウリが反駁《はんばく》する。

「彼女たちは、ただ無邪気なだけです」

「無邪気もすぎれば、邪気になる」

　ああ言えば、こう言う。

　この男に対し、何かを反論しても無駄であることを思い出したユウリが、話を戻すべく訊いた。

「――それより、聖ウルスラって、聖女ですよね？」

「ああ」と頷いたアシュレイが、付け足す。

「ただし、架空の、な」

「架空？」

「それこそ、キリスト教の熊殺しの一環で、ゲルマン人やケルト人の信仰の対象となっていた熊の女神アルティオを、聖女としてキリスト教に取り入れることで、消し去ったんだよ。ちなみに、『ウルスラ』も熊を意味する名前だ」

「へえ」

　納得したユウリが、言う。

「それなら、まず、その埋められてしまった聖女を掘り返さないと」

「そういうことだ」

賛同したアシュレイからシモンに視線を移し、ユウリが尋ねる。

「それで、マリアンヌとシャルロッテは、その像を庭のどこに埋めたんだろう?」

「それなんだけど……」

シモンが、今度は、情けなさそうに首をゆるゆると振った。もっとも、そんな姿も高雅で優美なのだから恐れ入る。

「残念ながら、現在、聖ウルスラは、行方不明らしい」

「行方不明?」

不思議そうに繰り返したユウリに、シモンが詳しく説明する。

「双子が言うには、埋めた場所にはなかったそうなんだけど、木彫りの像が動くわけがないから、おそらく、正確な場所を忘れてしまったんだろう」

その告白に対し、肩をすくめたアシュレイが、呆れた声で評した。

「それはまた、なんとも頼りになる一族だ」

3

夜も更けたので、庭を掘り返すのは明日にして、彼らはそれぞれの部屋に――とはいっても、アシュレイは図書室なのだが――引き揚げた。

一人になったユウリは、上着をかけるため、クローゼットを開ける。

ちなみに、この部屋は、ベルジュ家の人たちから「ユウリの間」と呼ばれていて、いつ何時、ユウリが城を訪れても何不自由なく滞在できるよう、寝間着や私服、鞄《かばん》や靴《くつ》まで、あらゆるものが揃っていた。すごいのは、急に晩餐会《ばんさんかい》に出ることを想定しているのか、黒のフォーマルウェアーまでぶらさがっていることだ。

（……まさに、至れり尽くせり、だよなあ）

とはいえ、ここまでしてもらうほど、ユウリは、ちょくちょくこの城に滞在しているわけではないので、無駄とまでは言わないまでも、とてももったいないことだと言えよう。

上着をかけたユウリが部屋づきの浴室に向かう途中、空気を入れ換えるためにベランダに面した窓を開けると、ふいに、遠くからサイレンの音が聞こえてきた。すぐ近くで事故でもあったのか、やけに騒がしい。

その後、シャワーを浴び、部屋着に着替えたユウリは、浴室を出てきたところでふと違和感を覚えて立ち止まった。

（……なんだろう）

動きを止めたユウリを、まったき静けさが包み込む。

やけに、静かだ。

先ほどまで聞こえていたサイレン音はもとより、風の音も、木々のざわめきも、動物の鳴き声も、何一つ聞こえない。城まわりが深い森となっているここでは、その静けさはありえないことだった。

まるで、空間ごと、異世界へと滑り落ちてしまったかのような奇妙な感覚――。でなければ、時間と時間の狭間《はざま》に落ちたかのような無を感じる。

（これは……）

不自然な沈黙は、ユウリのまわりだけでなく、開け放たれた庭のほうにも及んでいる。

首をめぐらせてベランダを見たユウリは、その時、何かに呼ばれた気がして、そちらに歩いていった。その際、彼の歩く足音も消えてしまっている。おかげで、意識がフワフワして落ち着かず、今にも身体から漂い出ていきそうだった。

ベランダに出ると、いつもと同じ夜があった。

ただし、相変わらず、音はない。

それだけで、同じ夜が、まったく違う夜に変わる。

ユウリの部屋のベランダからは、庭と森の境となる木立の並びが近くに見えた。奥の森がどこまで広がっているかはわからないが、乗馬コースとなっているので、かなり広いのは確かだ。

その森と庭の境目あたりで、何かが白く輝いている。

石でできたベランダの柵《さく》から身を乗り出して見ると、驚いたことに、白く輝いているのは、熊だった。

しかも、白熊である。

（白熊……）

突如現れた白熊は、木の根元に鼻面を寄せ、なにかの匂《にお》いを嗅《か》いでいた。それから、ゆっくりと顔をあげ、別の木の根元へと歩いていく。そののんびりとした動きはあくまでも泰然としていて、どこか高貴なものを思わせる。少なくとも、現実の熊のような荒々しさは、微塵《みじん》も感じられない。無音の世界で音もなく動き回る姿は、なんとも言えず幻想的だった。

とはいえ、寒いところに生息するはずの白熊が、何故、こんなところをうろちょろしているのだろう。

（まさか、飼っているんじゃないよな）

一概に否定できないのは、やはり、ここがベルジュ家の城だからだろう。シモンの家なら、遺伝子から復元したステゴサウルスがいても、納得してしまいそうだ。

ユウリがバカなことを考えていると、顔をあげた白熊と目が合った。

宝石のように輝く青緑色の瞳。

時間さえ止めてしまえそうな威力を秘めた瞳は、この世のものとは思えない神々しさである。

見つめ合った瞬間、白熊に呼ばれたような気がしたユウリは、引き寄せられるようにベランダから庭へと続く階段をおりていった。

ユウリが近づくと、白熊は、首をのばしてユウリの匂いを嗅いだ。

そんな白熊のふわふわした背中をユウリが撫《な》でてやると、ふいに、ユウリの手元のあたりから白熊の輪郭《りんかく》が崩れていき、やがて一人の女性の姿に変わった。

現われ出《い》でたのは、キラキラ光る白い衣をまとった輝かしい貴婦人である。

どうやら、さきほどの白熊は、この貴婦人が化身した姿であったらしい。

慌てて手を引っこめたユウリが驚きながら貴婦人に見とれていると、神秘的な青緑色の瞳を向けた貴婦人が、ユウリに話しかけてきた。

それが、無音の世界に響いた、唯一の音だ。

「ウルスラの呼び声に応えられし貴殿に、女神から伝言です」

「……伝言？」

「はい。ご承知のとおり、我らが不動の存在、北の空をまとう女神の僕《しもべ》の一つが、吊《つ》るされし者の魔法によってあさましき姿となり果て、地上を彷徨《さまよ》っています。そのことを、我らが女神はたいそう愁いておられ、ぜひとも、月の王《メネラウス》の力で解放し、その哀れな魂を女神の狩りの群れに戻してほしいとのこと」

「はあ……」

なんのことか、今一つ理解できないまま、ユウリは生半可な返事をする。

だが、貴婦人は、気にせず「ただ」と続けた。

「そのために必要な女神の銃弾《ウルスラ》を、その象りとともに、『地下の穴倉のもの』が持ち去ってしまいました。取り戻すためには、魔法の輪の中にかの者を呼び出し、危険な取引をしなくてはなりませんが、それは、とても悪賢く、いつも、人間を奴隷《どれい》として地下の穴倉に連れ去ろうと狙《ねら》っています」

「危険な取引……」

悩ましげに呟いたユウリに、貴婦人はさらに言った。

「どうぞ、あちらの意表をついて女神の銃弾を取り戻し、魔法に囚われた女神の僕を解放してください。その際、一つ、忠告しておくと、心臓を撃っても、その人間の命が失われるだけで、囚われている魂は解放されません。囚われている魂を解放したければ、あくまでもそのものの頭蓋《ずがい》を撃ち抜く必要があります。そのことを、ゆめゆめ忘れぬように」

4

ユウリが図書室に入っていくと、アシュレイはまだ起きていて、間接照明の下、いちばん大きな長椅子に座り、モロッコ革の装幀《そうてい》のされた古そうな本を読んでいた。

チラッと見えた文字は、アラビア語のようだ。

ふかふかの絨毯《じゅうたん》が敷かれた図書室の中は広く、ソファーセットが、全部で五つほど置かれている。丸テーブルのまわりに革張りの一人掛けソファーが二つ、三つ、置いてあるものや、長方形のテーブルを囲むように、絹《きぬ》張りの長椅子や一人掛けソファーが並んでいるなど、種類はさまざまだったが、全体として、バランスよく配置されていた。

また、壁面のほとんどは分厚い本で埋め尽くされ、奥に、大きな暖炉《だんろ》とバーカウンターが備えつけてある。おそらく、この部屋だけで、二十人くらいのパーティーなら余裕で開けるだろう。

かたわらに立ったユウリに、アシュレイは、本から顔をあげずに訊いた。

「なんの用だ？」

「すみません。こんな時間に。――でも、至急、教えてほしいことがあって」

「教えてほしいね」

そこで、ようやく本から顔をあげたアシュレイが、首を傾げて言う。底光りする青灰色の瞳が、鋭くユウリを射貫いた。

「相変わらず、お前は質問ばかりだな」

「寛いでいるところを、本当にすみません。でも、アシュレイに訊くのが、いちばん早いと思って」

「なるほど」

パタンと本を閉じたアシュレイが、それをサイドテーブルに置き、下からユウリをねめつけた。

「まあ、訊くのは構わないが、教えてやったとして、代わりに、お前は、俺に何を提供してくれるんだ?」

「提供……?」

まだ、こちらが質問を発してもいないうちから、答えられることを前提とした会話になっているが、ユウリもアシュレイも、そのことを変に思っていない。ユウリは、当然、アシュレイなら答えられると思ってここに来たのだし、アシュレイはアシュレイで、自分に答えられない問いはないと自負している。

「提供かあ」

もう一度繰り返したユウリが、「それなら――」と言いかけるが、その時、目にも留まらぬ速さで手首を摑《つか》まれ、グッと引かれたため、バランスを崩してアシュレイのほうに倒れ込む。自分の身に何が起きたかわからないまま、次に気づいた時は、ふかふかのソファーに仰向けに横たわっていて、上からアシュレイが覗き込んでいた。

「……えっと」

訳がわからずに口を開きかけたユウリの唇《くちびる》に指先を当て、アシュレイが黙らせる。そのあと、真上からユウリを見おろし、脅すように告げた。

「言っておくが、ユウリ。こうして人のプライベートな時間を邪魔するからには、それなりの覚悟はできているんだろうな？」

「覚悟……ですか？」

「ああ。──もし、これで、くだらないことをぬかしたら、俺は、この時間に見合う楽しみ方を、勝手にさせてもらうからな」

なんとも艶《つや》めいた宣言をするアシュレイが、そのことを示すかのように、ユウリの耳元から首筋、顎にかけて指先を滑らせた。触れられた場所が、魔法でもかけられたかのように熱を帯びていく。

それから、ゆっくりと顔を近づけ、唇が触れそうな距離まで近づいたところで、誘うように「さて」と言った。

「それで、ユウリ。お前は、俺に何を提供してくれるんだ？」

久しぶりにアシュレイの熱を近くに感じ、ユウリは、一瞬言葉につまる。普段は、そっけないほどの冷たさをまとわせているこの男であるが、気を抜いた一瞬に豹変《ひょうへん》し、獣のような獰猛《どうもう》さを漂わせるのだ。

陰陽の定まらないアシュレイの、それが最大の魅力かもしれない。

底光りする青灰色の瞳で搦《から》め取るように見つめられ、無意識にコクッと喉《のど》を鳴らしたユウリが、ややあって口を開く。この危険極まる男が、ユウリの提案を受け入れるかどうかは、この駆け引きにかかっていた。

「……提供というか、冒険へのお誘いです」

「冒険？」

「はい。――今から、女神《ウルスラ》の銃弾をかけて、地下の穴倉に住むものと、知恵比べをしてみませんか？」

とたん、片眉をあげたアシュレイが、意表をつかれた表情になる。ゆっくりと身体を引き、提案を吟味するように上からユウリを見おろしながら、「……これだから、お前は」とおもしろそうに漏《も》らした。

予測不能とでも、言いたいのだろうか。

それとも、ただ、バカにしただけか。

なんにせよ、アシュレイは頷いた。

「――いいだろう。その話、詳しく聞こうじゃないか」

そこで、ホッと息をつき、ソファーの上で身体を起こしたユウリは、今しがた、庭で起きたことを話し、ウルスラの銃弾を手に入れるためにどうすればいいか、アシュレイの判断を仰いだ。

「なるほど」

話を聞いたアシュレイが、「まあ、それなら」と指示を出そうとしたまさにその時、ふいに、よく通る品のよい声が図書室に響いた。

「こんなところで、何をしているんだい、ユウリ？」

ユウリが、はじかれたように振り返る。

「シモン⁉」

ユウリが呼んだとおり、図書室の入り口には、懐中電灯を手にした部屋着姿のシモンが立っていた。夜だというのに、輝かしさに不足はなく、相も変わらず優美だ。ただし、その表情は、普段の穏やかさとは違い、かなり不機嫌そうに見える。

もっとも、それもそのはずで、ソファーの背もたれに腕を伸ばすようにかけているアシュレイの、その胸元近くにユウリがいる今の状況は、時間が時間であるだけに、端《はた》から見ると、睦《むつ》まじげ以外のなにものでもない。

慌てたユウリが、立ちあがりながら尋ね返す。

「だけど、シモン。こんな時間に、どうしたの?」

「それは、こっちの台詞《せりふ》だよ。部屋を訪ねたらいないし、まさかと思ってここに来てみたら、案の定……」

苦々しげに言葉尻《じり》を濁《にご》したシモンが、「それで」と追及する。

「もう一度訊くけど、ユウリ。ここで、何をしているんだい?」

「えっと、それは……」

ユウリが返事に困っていると、ユウリの横で立ちあがったアシュレイが、なんとも嫌味ったらしい口調でのたまった。

「安心しろ。今、お前を叩き起こしに行くところだったんだよ。――ったく、ちょっと仲間外れにされたくらいで機嫌を悪くするとは、わがまま坊ちゃんの相手は、気を遣って大変だね」

シモンが、水色の瞳を冷たく細め、厚顔無恥《こうがんむち》な元上級生を睨みつける。

「人の家で身勝手に振る舞うのも、なかなかの図々しさですけどね」

それに対し、ユウリが急いで弁明した。

「違うんだ、シモン。至急、どうしてもアシュレイに訊きたいことがあって、僕のほうから勝手に押しかけたんだよ」

「へえ」

ユウリに視線を向けたシモンが、不満そうな口調のまま確認する。

「それなら、その『至急、訊きたいこと』というのは？」

「それは――」

説明しかけるユウリを遮《さえぎ》り、アシュレイが命令した。

「あとにしろ。それより、お貴族サマには、俺が言うものを、今すぐ揃えてもらおうか。話は、それからだ」

「――は？」

シモンが、それまでの不機嫌さも吹っ飛んだように、水色の瞳を見開いて驚く。

アシュレイの唯我独尊ともいうべき主義は今に始まったことではないが、これはさすがに、勝手がすぎやしないか。

ここは、アシュレイの家でもなければ、シモンは、アシュレイの家来でもないのだ。

そこで、ひとまず、常識的なことを指摘する。

「今すぐって、アシュレイ。貴方、いったい、今を何時だと思っているんです？」

「もうすぐ、午前一時か」

「そうです。普通の人間は、寝ている時間ですよ」

「だろうな。――だからこそ、普通じゃない奴らが、起き出すんだろうし」

「……普通じゃない？」

訝しげに繰り返したシモンに対し、「ああ」と腕時計を見ながらしゃあしゃあと応じたアシュレイが、青灰色の瞳を楽しそうに細め、非常識の権化《ごんげ》らしい台詞を続けた。

「まあ、なんやかんや準備に時間がかかって、実際に、相手を呼び出せるのが午前二時だったとして、人外魔境のものどもを目覚めさせるには、ちょうどいい時間だ」

5

「『地下の穴倉のもの』との、取引ねえ」

頼まれた道具を用意し、その設置を手伝いながらシモンが口を開いた。

月齢二十二日の月がようやく木立の間に顔を見せ、暗い森をかすかに照らし出している中で、ユウリ、シモン、アシュレイの三人は、慌ただしく作業を進めている。

彼らのそばには、一メートルくらいの台座の上に大きな石像が立っているのだが、それが、どこのどなた様で、いつ、誰の手によって作られたかは、シモンにもわからないらしい。

そんな正体不明の石像が、広い敷地内のあちこちにあるのだ。

「それで、その『地下の穴倉のもの』というのは、具体的になんなんです？」

梯子《はしご》に登り、設置した小さなサーチライトの点灯具合を確認したシモンが光の中に浮かび上がったアシュレイに訊くと、彼は、鋭利なナイフの刃先で、地面に魔法円《マジックサークル》を描きながら「さあ」といい加減な返事をした。

「さあ……って、わかっていないんですか？」

「しかたないだろう」

手を止めずにユウリを顎で指したアシュレイが、続ける。

「こいつの話があやふやすぎるんだよ。まあ、おそらく、ゴブリンやノッカーなど、ドワーフと呼ばれる類いの地の妖精《ようせい》だろうとは思っているが。――注意を要するという点からして、ゴブリンか」

「ゴブリン……」

呟いたシモンが、尋ねる。

「それで、そんなものを相手に、本当に勝算はあるんでしょうね？　……僕には、行きあたりばったりの計画に思えるのですが」

「――なら、お前が代わるか？」

好戦的になったアシュレイに対し、ユウリが、その場の空気を変えるように「それはそうと」とシモンに尋ねた。

「さっきは聞きそびれたけど、そもそも、シモンは、なんの用で、僕の部屋に来てくれたの？」

「ああ、それは」

思い出したように応じたシモンの声に、アシュレイの意地の悪い声がかぶる。

「夜這《よば》いか？」

「――冗談でしょう。貴方ではあるまいし」

鬱陶《うっとう》しそうに突っ込んだシモンが、梯子からおりながらユウリに向かって答えた。

「実は、警察に勤めている親族から連絡が来て、ここから数キロ離れた森の中で、女性の変死体が見つかったそうなんだ。それで、念のため、この城まわりの警備を増やすようにって」

ユウリが、煙るような漆黒の瞳を痛ましそうに細めて、訊き返す。

「……それって、まさか」

「うん。その『まさか』だよ。猛獣に食い荒らされたような凄惨《せいさん》さだったそうだから」

「やっぱり……」

呟いたユウリが、周囲の暗がりに目をやった。この夜のどこかに、凶暴な「ベルセルク」と化した男が潜《ひそ》んでいるのかもしれない。それは、息を潜め、今も、彼らのやっていることを見ているのだろうか。

だが、ユウリが見る限り、そこにあるのは、普通の夜だった。なんの変哲もない、森に風が渡り、夜行性の動物が鳴き声をあげる、平和な夜である。

ユウリの考えを読んだように、魔法円を描き終え、ナイフをパシッと畳んだアシュレイが言う。

「心配せずとも、これまでのケースから考えて、殺すのは一夜に一人だ。おそらく、時とともに魔法の力が弱まり、それが限界なんだろう。本来の『ベルセルク』も、超人的な力を発揮したあとは、回復に時間がかかったと考えられている」

「ふうん」

「ふうんって、安穏と返事をしている場合じゃないだろう。こっちは、こっちのやるべきことをやるぞ、ナマケモノ。——準備はできているのか?」

不満げに眉をひそめたアシュレイにせっつかれたユウリが、慌てて「あ、はい」と姿勢を正して応じる。

「いつでも、できます」

そこで、彼らは、それぞれの役割を果たすために、位置につく。

シモンは、サーチライトを照らすために梯子の上に、ユウリとアシュレイは、石像の陰に入って、前後で重なり合うように立った。

そんな彼らの前には、アシュレイの描いた魔法円がある。

「いいぞ、ベルジュ」

アシュレイの合図を受け、シモンがサーチライトのスイッチを入れた。

とたん、その場が明るくなり、それまでぼんやりしていた物や人の影が、彼らの前に長々と伸びる。

舞台の幕はあがった。

ゆっくりと深呼吸したユウリが、「地下の穴倉のもの」を呼び出す呪文《じゅもん》を唱える。

「火の精霊《サラマンドラ》、水の精霊《ウンディーネ》、風の精霊《シルフィード》、土の精霊《コボルト》。四元《しげん》の大いなる力をもって、我の願いを聞き入れたまえ」

するとそれに応えるように、四方から白い光の球が集まってきて、ユウリの差し出した手のまわりを飛び始めた。

それらの光を遊ばせながら、ユウリが請願《せいがん》を述べていく。

「天の不動の存在、空の星をまとう女神の名にかけて――。その僕たるものの魂を取り戻さんがため、我に力を貸したまえ。『地下の穴倉のもの』をここに呼び出し、女神ウルスラの銃弾を我が手に与えよ。――アダ　ギボル　レオラム　アドナイ！」

請願の成就を神に祈ると同時に、ユウリが大きく手を振ると、まとわりついていた四つの光球が、魔法円に向かって飛んでいった。

それらは、描かれた魔法円の上でパッとはじけ、雨のように光の粉をまき散らす。

と、光の粉が落ちたところから、魔法円に沿ってメラメラと炎があがった。

炎は、魔法円を焦《こ》がすように、円から文字、文字から記号へと、次々に燃え広がっていく。

文字を焦がし。

記号を焦がし。

やがて、炎の下、描かれた魔法円が、くっきりと全体像を浮かび上がらせる。

そうして、魔法円の上に封印ができたところで、円の中心部分に、モクモクと白い煙が湧《わ》き起こった。

それからしばらくして――。

「わっとお」

ひび割れした聞き取りにくい声とともに、その場に何かが姿を現す。

後頭部の大きな禿頭《とくとう》。

暗い光を放つ、落ちくぼんだ眼窩《がんか》。

焦げ茶色のボロをまとった小さな姿は、妖精画などでよく見る地の妖精にそっくりである。

どうやら、「地下の穴倉のもの」のお出ましらしい。

それは、枝のように細い両手で木彫りの像を抱えた状態で、キョロキョロとあたりを見回しながら戸惑いを隠せない口調でわめき散らした。

「なんだ、なんだ、なんだ？　――何が起こったんだ？」

ユウリが、そんな相手に声をかける。

「――やあ」

飛びあがって振り向いた「地下の穴倉のもの」が、ギョロリとした目でユウリを見た。

「もしかして、お主が儂《わし》を呼び出したのか？」

「はい」

「なぜ？」

「女神の銃弾を返してほしくて」

ユウリは、いささか緊張しながら答える。

このこっけいな身なりや態度に騙《だま》され、ちょっとでも隙《すき》を見せたら、あとあと面倒なことになると、アシュレイからさんざん注意を受けていたからだ。

「女神の銃弾？」

繰り返した相手が、自分が抱えている木彫りの像をあげてみせた。

「それは、これのことを言っておるのか？」

「はい」

「つまり、お主は、これが欲しいんだな？」

暗い喜びを秘めた声で確認され、「はい」と頷こうとしたユウリを、背後からアシュレイが引き止める。それから、耳元で何か告げた。

それを受け、ユウリが言う。

「――正確に言えば、その像の中に隠されている銃弾のことですけど。よかったら、出して見せてくれませんか」

「……もちろん、構わんが」

落胆した声になった相手が、しぶしぶ、木彫りの像をひっくり返し、熊の胸元にあった小さな隠し扉から銀色の銃弾を取り出して見せた。

「お主が欲しいのは、これか？」

「はい」

「本当に、これがいいのか？」

「ええ」

「どうしても、か？」

「どうしても、です。それに、そもそもそれは、貴方が持っていても、あまり意味はないものですよね？」

説得するユウリに、女神の銃弾を弄《もてあそ》びながら、「地下の穴倉のもの」が言う。

「まあ、そうかもしれん。――だが、だからといって、ただで、ホイホイ、やるわけにはいかないね。これをやる代わりに、お主も、お主の一部を儂にくれないと不公平じゃろう」

「僕の一部……？」

戸惑ったように繰り返すユウリを見ながら、「地下の穴倉のもの」が、ずる賢そうな笑みを浮かべて続けた。

じわりと、脅しつけるように、だ。

「そう、『地下の穴倉のもの』である儂を呼び出してまで欲しいのであれば、それくらいの覚悟はあろう」

「いや、でも……」

躊躇《ためら》うユウリに、相手が畳みかける。

「そうだな。たとえば、目」

「目!?」

仰天するユウリを尻目に、「地下の穴倉のもの」が淡々と説明する。それが、なんとも不気味だ。

「お主の煙るような漆黒の瞳は、神秘的でとても美しい。さぞかし、力のあるものなのだろう。それでも、二つもあれば、一つ、儂によこしたところで、そう困ることはないのではないか」

「そんな……」

簡単に言うが、間違いなく、困る。

もちろん、生きていけないことはないが、やはり二つあってこそ、見える景色もあるのだ。

ユウリの困惑を見て取った相手が、「ならば」と譲歩する。

「耳は、どうだ?」

「耳……ですか？」

「これならば、一つくらい、なくても構わんだろう」

ユウリが、「耳かあ」と悩む。目と耳を比べた場合、相手が言うように、まだいいかもしれないと、おかしな比較をしてしまったのだ。

そんなユウリを見て、「地下の穴倉のもの」がニヤッと暗い笑みを浮かべた。

「まあ、確かに、耳も、二つ揃ってなくては、何かと不便かもしれん。――しかたない、思いっきり妥協してやって、髪の毛はどうじゃ。髪の毛の一本くらい、儂にくれても困ることはなかろう？」

だが、そう言われたとたん、ユウリは、あらかじめアシュレイに言われていた言葉を口にする。

「それより、影はどうですか？」

「――影？」

「はい。月明かりでできた影です。……折しも、今日は満月。この明るい月の光でできた影であれば、さぞかし役に立つと思うのですが……」

まさか、ここに来て、新たな提案をされるとは思っていなかったらしい相手が、とても驚き、迷うようにあたりを見回した。

確かに、その場は明るく、地面にはくっきりと長い影ができている。

「影ねえ……」

吟味するように呟いた「地下の穴倉のもの」が、そこに何か罠《わな》はないかと、探るようにユウリを見た。

「……だが、影を渡したりしたら、お主が困るだろう？」

「いや、そうでもないですよ」

ユウリが、たどたどしく答える。

「確かに、昼間の影であれば、困ることも多いでしょうが、月夜の影なら、どうせ、僕は寝ているし、その間に使われても、さして困ることはないと思います。……たぶん」

「なるほど」

頷いた「地下の穴倉のもの」が、口を滑らせて本音を漏らす。

「まあ、儂としては、自由にこき使えるものがあればいいわけで、お主の髪の毛が手に入れば、お主を好き勝手に操れると思っていたのだが、それには、いろいろな準備もいるし、ここは、手っ取り早く影をもらうというのはいいかもしれん」

その言葉を聞いて、まさか、髪の毛にそんな使い方があるとは考えもしなかったユウリは、万が一、相手に乗せられていた時のことを思って、内心ゾッとした。確かに、目の前の生き物は、人を騙す、危険な輩《やから》であるようだ。

ユウリが、念を押す。

「それなら、取引は成立ですね？」

「よかろう。女神の銃弾は置いていく。代わりに、お主の影はもらったぞ！」

宣言するなり、魔法円の縁にかかっていた大きな影を引っ摑むと、「地下の穴倉のもの」は煙とともに消え去った。空になった魔法円の中には、木彫りの像と、銀色に輝く女神の銃弾だけがバラバラに転がっている。

どうやら、終わったらしい。

「ユウリ、無事かい⁉」

梯子をおりながら、シモンが気がかりそうな声をかける。だが、心配するほどのことはなく、すぐに石像の陰からユウリの弱々しい声が返った。

「……うん。大丈夫」

覗き込むと、台座の下にしゃがみ込んでいたユウリが、アシュレイの腕の中で顔をあげた。その足下には、月明かりに照らされた二人の姿が短く影を落としている。

ユウリに手を差し伸べたシモンが、アシュレイの手のうちから取り戻すように、自分のほうに引っぱりながら尋ねた。

「本当に、ケガはないかい？」

「ないよ」

「ならいいけど、上で見ていて、冷や冷やしたよ」

ユウリの顔にかかった漆黒の髪を梳《す》き上げてやったシモンは、魔法円のほうを振り返って「でも、まあ」と続けた。

「なんとか、女神の銃弾も戻ったようだから、結果オーライかな」

それに対し、シモンと一緒に魔法円を見たユウリが言う。

「それもこれも、全部、アシュレイのおかげだよ。——ということで、本当にありがとうございました、アシュレイ」

後半は、魔法円の中に踏み込んでいたアシュレイに向かって告げると、木彫りの像と女神の銃弾を拾いあげていた元上級生は、つまらなそうに応じた。

「礼を言うくらいなら、他のもので返せ。——言っておくが、ユウリ。こんなの、俺にとっては『冒険』のうちに入らない、ただの戯《ざ》れ事に過ぎないからな」

つまり、今回も、やっぱり、この男に借りを作ったことになるらしい。

小さく肩をすくめたユウリに対し、「とはいえ」とアシュレイが妥協する。

「せっかく手に入れた影が、この石像のごとく動かないことには、あいつも、さぞかし苦労することだろう。——それを思うと、なんとも愉快だ」

実は、あの時、魔法円の縁にかかっていたのは、月明かりに照らされた二人の影ではなく、サーチライトに浮かび上がった石像の影だった。そして、「地下の穴倉のもの」がそれを持ち去る瞬間、一緒に自分たちの影を持っていかれないよう、ユウリとアシュレイは身をかがめ、慎重にやり過ごしたのだ。

おかげで、石像は影を失ったものの、ユウリとアシュレイの影は保たれた。

シモンが、なかば呆れた口調で評する。

「さすがですね、アシュレイ。人を騙す狡知《こうち》にかけては、魔物ですら敵わない」

それは、決して誉め言葉ではなかったが、人と違って、それが誉め言葉になるアシュレイは、「当然」と受けて、歩き出す。二人の前を通り過ぎざま、ユウリの手には木彫りの像を、シモンには、女神の銃弾をはじいて渡すと、堂々と宣言した。

「さて、と。俺はもう寝るが、お前らは、その銃弾が使い物になるよう、がんばって、仕事の早い鋳物師《いものし》を探すんだな」

確かに、これですべてが終わったわけではなく、まだかんじんな、「ベルセルク」退治が残っている。

勝手に宿題を課されてしまったシモンとユウリは、顔を見合わせて肩をすくめると、遠ざかっていく長身痩軀の後ろ姿を尻目に、ひとまず、その場の後片づけを始めた。

欠けた月が、そんな二人をぼんやりと照らし出す。

6

翌日。

正午を過ぎたあたりから、ロワール河畔《かはん》に建つベルジュ家の城には、続々と招待客が集まってきた。

列柱のある玄関先に乗りつけられる高級車の数々。

昼間のガーデンパーティーということで、特にドレスコードを設けていないため、車から降りてくる紳士淑女の恰好は、さまざまだ。ドレッシーなものからカジュアル志向、あるいは、モード系など、特に女性は、ここぞとばかりに、自分のファッションセンスをアピールするような恰好をしていた。

それをエスコートする男性は、基本、ジャケットを着用しているが、中には、下にデニムを合わせるなどして、あえて崩したお洒落《しゃれ》を楽しんでいる人も見えた。

ホスト側の人間として、両親や兄弟姉妹たちと並んで招待客を迎えていたシモンは、人の流れが落ち着いたところで、その場を離れ、バルコニーのソファーに座っているユウリのところにやってきた。

大きなソファーに座って、食前酒代わりのライムソーダを飲んでいたユウリは、淡い金の髪をオールバックにし、アースカラーのデザインスーツをモデルのように着こなした友人の神々しい姿に、一瞬、完全に見惚《みと》れてしまう。

どうしたら、こうも高貴で優雅になれるのだろうか。

通り過ぎた給仕の手からシャンパングラスを受け取り、隣に座ったシモンが、そんなユウリに訊く。

「ユウリ。もしかして、始まる前から疲れてないかい？」

「え？」

夢から覚めた人のようにハッとしたユウリが、慌てて「あ、ううん」と首を横に振った。

「そんなことないよ。軽い寝不足だけど、それを言ったら、シモンも同じなわけだから」

「確かに」

苦笑したシモンが、「それはそうと」と、早々に用件を切り出す。

普段は、こうした雑談を楽しむのだが、さすがに、ベルジュ家主催のパーティーで、一家の長男がひとつところで長く油を売っているわけにもいかないため、話せるうちに、伝えるべきことを伝えてしまう必要があった。

「鋳物師が見つかったよ」

「本当に？」

「うん。――見つかったというより、昔からお願いしている腕のいい職人を、なんとかつかまえることができたってことだけど。まあ、彼なら、安心して任せられるし、無理を言ってお願いし、日没までになんとかしてもらえることになった」

「よかった。――これで、ひとまず安心だね」

「まあ、そうなんだけど、問題は、どうやって奴と対峙《たいじ》するかだな。当たり前だけど、城に侵入される前に、ケリをつけたい」

「――確かに」

ユウリが重々しく同意したところで、突如、バルコニーに「あ～、もう！　なんなの、あれ！」と勇ましい声が響き渡り、すぐに、パリコレのモデルのような恰好をしたナタリーが、その麗しい姿を現した。

ボブカットにした美しい赤毛。

完璧なプロポーション。

黒革とブロンズ色の生地を合わせたタイトなワンピースは、そんな彼女の美しい身体を見事に引き立てている。

黙っていれば、誰もが見惚れるほどの美人なのに、どうやら、何かにいきり立っているらしく、文句が止まらない。

「――ったく。招待状、招待状って、あの子たち、ちょっとうるさくない？」

言い終わった時、ちょうどシモンとユウリの前に来たので、不本意ながら、彼らが応えることになる。

シモンが、げんなりした声で言った。

「やあ、ナタリー。招待状が、どうしたって？」

「だから、あんたの小うるさい小姑《こじゅうと》たちよ。招待状、招待状って、しつこいくらい、私に食いついてくるの。そう言っていれば、お菓子でももらえると思っているみたいに。思わず、足の臭いでも嗅がしてやろうかと思っちゃったわよ。パブロフさんちのワンちゃんじゃあるまいし、それ以外にやることはないの？」

たぶん、パブロフさんが飼っているワンちゃんのことではなく、心理実験で有名な犬のほうだろう。表現の仕方で、ずいぶんと印象が変わるものである。

シモンが、訊いた。

「もしかして、ナタリー。招待状を、忘れたのかい？」

「いいえ」

「なら、どうして、招待状のことで責められなければ、ならないんだ」

「それは、もちろん、持ってこなかったからよ」

「持ってこなかった？」

意外そうに繰り返したシモンが、首を傾げて訊く。

「なんでだい？　……重かったとか？」

　女性版アシュレイであるナタリーなら言ってもおかしくない意味不明の言い訳をシモンが口にすると、ナタリーが「おもしろい、冗談」と受けて、真面目な顔で応じる。

「持ってこなかったのは、必要ないと思ったからよ。従姉妹《いとこ》なんだから、顔パスでしょう」

「それはそうかもしれないけど、でも、忘れたのならともかく、せっかく、送ったのだから、持ってきてくれたっていいだろうに。——親しき仲にも、礼儀ありって言うだろう」

「正論ね。優等生の貴方らしい、まっとうなご意見をありがとう。——でも、それを言うなら、前提として『送ってきたのなら』、よ」

「送ってきたのなら……？」

　シモンが、不審そうに訊き返す。

「それ、どういう意味だい？」

「もちろん、送ってこなかったっていう意味」

「でも、招待状は手にしたんだろう？」

「いいえ」

「だけど、君、さっきは『持ってこなかった』って……」

　訳がわからずに言い返していたシモンが、その時、何かに気づいたように、「あ」と声をあげた。

同じタイミングで、ナタリーが言い放つ。

「そうよ。——だって、掘り返すのが面倒だったんだもの」

「——ああ」

シモンが、秀麗な顔をしかめて応じる。

「なるほど。そういうことか」

「そういうことよ」

「彼女たち、招待状を送らずに、君の家の庭に埋めたんだね」

「ええ。——思うんだけど、あの子たち、なんで、わざわざ埋めるわけ。掘るのが、好きなの？　それとも、埋めるのが、好きとか？　だとしたら、前世は墓掘り人ね。そうじゃなきゃ、やっぱり、パブロフさんちのワンちゃんなのかしら」

苦笑したユウリが、双子を庇う。

「でも、ナタリー。二人は、埋めた招待状を見つけてもらうのを楽しみにしていたんだから、掘り返してあげればよかったのに」

「や〜よ。爪《つめ》が汚れるもの」

言い切ったナタリーが、そこで、初めて気づいたように「あら」と声をあげた。

「ユウリじゃない。久しぶり。——てっきり、また行方不明になったと思っていたんだけど、無事だったのね」

とたん、シモンが「ナタリー！」と険しい声で注意した。

「縁起でもないことを言わないでくれないか」

「あ～ら、ごめんあそばせ」

従兄妹《いとこ》に対して嫌味っぽく応じたあと、ユウリに腕を伸ばして、ナタリーは続ける。

「でも、会えて嬉《うれ》しいわ、ユウリ」

「僕も」

それから、不満そうなシモンの前で、抱き合い、互いの頬にキスしていると、そのタイミングでバルコニーに現れたマリエンヌとシャルロットが、「あああ～」と悲鳴に近い声をあげた。

「ナタリーってば、ずるい！」

「抜け駆けだわ」

「私たち、今日はまだ、ユウリと挨拶《あいさつ》のキスを交わしてないのに！」

「そうよ。主役の私たちを差しおいて、先にユウリと挨拶のキスをするなんて！」

そんな二人は、色とりどりの大柄な花が描かれたシフォンのワンピースを着ている。小柄で天使のように美しい二人には、それが、とても似合っていた。

ユウリから身体を離したナタリーが、応じる。

「いいじゃない。減るもんじゃないんだし」

「減りそう」

「減るわね、ナタリーなら。間違いなく」

「やあねえ、人を吸血鬼みたいに」

片手を翻したナタリーが、「それより」と辟易《へきえき》したように続ける。

「招待状のことなら――」

だが、ナタリーがそう口にしたとたん、双子はケロッと言い放った。

「あ、それは、もういいの」

「ええ。いいの」

「私たち、見つけたから」

「――見つけた？」

疑わしげなナタリーの声を無視して、双子が続ける。

「ナタリーってば、あんなこと言ってたくせに、実は、きちんと招待状を見つけてくれていたのね」

「正直じゃないんだから」

「『そんな子供じみた真似《まね》、できるわけないでしょ』とかなんとか、さっきは冷たいことを言ってたけど」

「本当は、ナタリーも楽しんだんでしょう?」

それに対し、ナタリーがポカンとして言う。

「――い～え。楽しんでないわ。掘り返してないもの。掘り返したとしても、楽しまなかったし」

だが、双子はまったく取り合わない。

「またまた」

「照れちゃって」

「でも、ほら、このとおり」

そう言って、シャルロットがポケットから招待状を取り出した。

「ナタリー宛《あ》ての招待状」

「泥がついているけど」

するとそれまで黙って身内のちぐはぐな会話を聞いていたシモンが、双子の片割れに手を伸ばして言う。

「シャルロット。その招待状、ちょっと見せてくれないか?」

「どうぞ、お兄さま」

その時、新しい客が来たらしく、遠くで主役を呼ぶ声がしたため、二人は、「じゃ、みんな、またあとで」と言い残して、バタバタとその場をあとにした。

静かになったところで、招待状を手の中でひっくり返していたシモンが、訊く。

「確かに、ナタリー宛ての招待状だね。偽物でもないようだけど、これって、どういうことだい？」

「知らない。――勝手に歩いてきたのかも」

「そんなはずないだろう」

「でも、それなら、他になんだっていうのよ。――少なくとも、私は絶対に持ってきてないからね。掘り返してもいないんだから、持ってこられるわけがないじゃない」

「だけど、そうなると、君ではない誰かが、これをここに持ってきたことになる」

「じゃあ、そうなんじゃないの。幽霊とか――」

面倒くさそうに応じたナタリーが、話を逸らすためか、単に脈絡がないだけか、「幽霊といえば」と言い出した。

「ユウリを含め、今日は、行方不明だった人に会える日ね。このままいくと、そのうち本当に幽霊にも会えるかもしれない」

まだ、不審げに招待状を弄んでいたシモンが、そこで、顔をあげ、意外そうにナタリーを見た。

「ということは、他にも、行方不明だった人間に会ったのかい？」

「ええ」

「誰？」

「マックス・ジークムントよ」

「マックス・ジークムント？」

とたん、はじかれたように顔をあげたユウリとシモンが、緊張した面持ちで顔を見合わせる。

マックス・ジークムントといえば、まさに、熊皮をかぶったことで「ベルセルク」と化してしまった可能性のある男である。

その男が、すでにこの城内に侵入しているというのか――。

緊迫した空気が流れる中、ただ一人、あっけらかんとナタリーが続ける。

「貴方も覚えているでしょう。バカなことをして退学になりかけた男で、先週から行方不明だった」

「もちろん、覚えているよ」

重々しく応じたシモンが、確認する。

「だけど、本当に、マックス・ジークムントを見たのかい？」

「ええ」

「この城の中で？」

「そうよ。チラッとだったけど、間違いないわ。私、目はいいほうだから。――それで、思ったの。あんな人、シモンってば、よく招待したわねって」

シモンが言下に否定する。

「するわけないだろう」

「やっぱり？　……でも、それなら、彼、なんで入れたのかしら？」

ナタリーの疑問に対し、手にした招待状を見おろしたシモンが、考え込みながら言った。

「おそらく、どこかに埋もれていた招待状を、掘り起こしたんだろうね」

「掘り起こした？」

柳眉《りゅうび》をあげて繰り返したナタリーが、続ける。

「なんで、そんな真似。――そもそも、招待状を埋めるって、どういうこと？　意味がわからないんだけど」

ナタリーは、いたく真面目に言っているようだった。

どうやら、普段、自分のことを棚にあげているため、かんじんなところでも、棚あげしてしまったようである。

チラッと従兄妹を見たシモンが、もの思わしげに続ける。

「……そういえば、昨夜、森の中で変死体が見つかったのって、君の家の近くじゃなかったっけ？」

「ああ、そう！」

大事なことを思い出したかのように、ナタリーがパンッと手を打った。

「そうなの。よくぞ、言ってくれたわ」

それを聞いたユウリが、心配そうに口をはさんだ。

「じゃあ、本当に近くだったんだ？」

「すぐそばよ。塀の向こうってくらいに。——しかも」

そこで、モスグリーンの瞳を輝かせた彼女が言う。

「被害者の子、うちに出入りしているお花屋さんでアルバイトしていた女性なの。事件に遭う前も、うちに花を届けに来てくれていたみたいで、その帰り道に襲われた可能性もあるみたい」

その事実に、シモンとユウリが愕然とする。

もし、ナタリーの言うことが本当であれば、その女性は、ナタリーか、ナタリーの家の誰かと間違えて襲われた可能性もある。

なんといっても、ナタリーの実家であるピジョン家は、シモンにとって母方の親戚であれば、血筋的に、「ジェヴォーダンの魔獣」退治に貢献した貴族篤志《とくしか》家の末裔《まつえい》といえるからだ。

だが、そうとは知らないナタリーが、鼻をピクピクさせ、呑気に声をあげた。

「あ、ローストビーフの匂い！」

言い残すと、もう、彼らのことなど目に入らなくなったかのように、その場から消え失せる。その様子からして、たとえ身近に危険が迫っても、彼女なら、ゴキブリ並みの生命力で生き残ってくれそうだ。

二人きりになったところで、シモンがしみじみと言う。

「――どうやら、城の外で決着をつけたいという希望は、あっけなく、ついえたようだね」

「うん」

気がかりそうに頷いたユウリが、神妙な面持ちで提案する。

「とりあえず、パーティーの間、僕は、そのマックス・ジークムントという人を捜してみるよ」

「いや」

即座に否定したシモンが、指をあげて強調する。

「そんな危ない真似はしなくていい」

「でも、こんな話をしているうちにも、誰かを襲ったりしたら……」

「おそらく、それはないと思うよ」

澄んだ水色の瞳を知的にきらめかせたシモンが断言したので、ユウリが焦《じ》れったそうに尋ねた。

「なんで、そう思うの？」

「それは、アシュレイが言っていたように、力が完全に戻るまでは、『ベルセルク』にはならないと考えられるからだよ。それに、これまでに事件が起きた時間と月の出の時間を比較してみたところ、犯行は、明らかに月が出てからなんだ。――たぶん、月の光が、何かしらの影響を与えるんだろう」

「月の光が……？」

　呟いたユウリが、太陽が出ている真昼の空を見あげる。それから、視線を戻し、気になったことをシモンに訊く。

「昔からよく言われるけど、月って、やっぱり、人の凶暴性に影響を及ぼしたりするものなのかな？」

「ルナティックだね。……どうだろう」

　シャンパングラスを持ったまま、シモンがソファーの背にもたれて応じた。

「二十世紀末に、アメリカの精神科医が、ある地域に限定して、月齢と殺人事件の発生件数を調べてデータを分析した結果、その地域における殺人事件の発生は、月の満ち欠けに影響を受けているといえるだけの有意の数字が出たと発表しているんだ」

「そうなんだ？」

「うん。——ただ、それは、データの取り方に問題があって、決して有意な数字とは言えないと反論する学者もいて、決着はついていないんだよ」

「それは、データに偏りがあったということ？」

「そうだね。あんがい、結論づけるのは難しいところで、たとえば、満月の夜に、数値上、明らかに殺人事件が多発していたとして、それが、純粋に月に影響されてのことなのか、満月の夜にはそういうことが起きるものだと無意識に信じている人間が、思い込みで殺人を犯しているのかは、わからないことだから」

「……なるほど」

納得したユウリに、シモンが、「まあ、それはともかく」と見解を明らかにする。

「勝負は、今夜だな。——それで、念のため、アシュレイにも、ジークムントの件を伝えておこうと思うんだけど、あの人がどこにいるか、知っている？」

ユウリが、ちょっと考えてから応じた。

「そういえば、朝から見ていない気がする」

「今朝早く、オーヴェルニュのホテルに置いてきた彼の四輪駆動車が、あちらの使いの手で届けられたそうだけど」

「へえ」

その時、バルコニーに異母弟のアンリが出てきたので、シモンが手をあげて呼ぶ。

「アンリ！」

「ああ、兄さん、ここにいたんだ」

貴公子然としたシモンより、若干精悍な相貌《そうぼう》のアンリは、色の濃いスーツを品よく着こなし、堂々とした風体で近づいてきた。

「父さんが、呼んでいるよ。警備のことで、話があるって」

「わかった。今、行く。——それはそうと、アンリ。アシュレイを見なかったかい？」

シモンは、念のため、異母弟のアンリに、それとなくアシュレイの動向を探るように頼んでおいたのだ。

なんだかんだいっても、彼の動きは気になるし、城内に彼を入れることに懸念を示していたアンリなどは、むしろ、みずから志願してでも監視するべきだと思っていたらしく、二つ返事で引き受けてくれた。

すでに、「ベルセルク」の件もシモンから聞いているアンリが、答えた。

「あの人なら、さっき、自分の車で出かけたよ。——いっそ、このまま、化け物の餌食《えじき》にでもなってくれたらいいんだけど」

それに対し、唇に人差し指を当てて考え込んだユウリが、「もしかして」と、一つの可能性をあげる。

「飽きて、帰ったのかな？」

「かもしれないね」

応じたシモンが、続けた。

「それならそれで構わないけど、これからがクライマックスというところで、あの物見高い男が帰るとは、僕には、とうてい思えない」

「そっか」

「言えてる」

友人と異母弟が、深く同意したところで、シモンは、ひとまず父親に会うために、その場を離れた。

7

その夜。

六月の長い陽が西の地平線に沈む頃になって、ベルジュ家の城に、ようやく日常の落ち着きが戻ってきた。ただ、それが普通であるにもかかわらず、まさに、「祭りのあとの静けさ」といった感じで、倦怠感《けんたいかん》に満ちた空気が漂う。

シモンの部屋のソファーに座り、席を外した友人が戻ってくるのを待っているユウリにも、珍しく疲労の色が見えた。

ユウリの場合、何が疲れるといって、大勢の人間がいる場所に長く身を置くことほど疲れるものはない。だから、パーティーなどには進んで参加したりしないのだが、出たら出たで、それなりに楽しむ。

今日も、いろいろな立場の人たちと話せて、とてもエキサイティングではあったのだが、他に気になることがあったのと、慣れないフランス語のせいで、解放されてみたら、どっと疲れが押し寄せてきた。

気づけば、ソファーにもたれて、うたた寝していたようである。目が覚めたのは、すぐ近くに、人の気配を感じたからだ。

ハッとして身体を起こしたユウリに、肩を貸してくれていたらしいシモンが、労るように言った。

「よく寝ていたようだね」

「ごめん」

「いいよ。それより、横になって、本格的に寝たらどうだい？　――『ベルセルク』のことは、心配せずとも、こっちでどうにかするから」

それに対し、正面に座っていたアンリが、同調する。

「そうだよ、ユウリ。うちのことで、ユウリまで危険に身をさらすことは、ない」

だが、体勢を立て直したユウリは、水のペットボトルに手を伸ばしながら主張した。

「冗談。そんなわけにはいかないよ。それに、女神に頼まれたのは、僕だから、最後までまっとうしないと」

「でも、あと、僕たちがやらなければいけないのは、いわゆる『狩り』だからね」

「狩り……」

「うん。だから、むしろ君は近づかないほうが、僕としては安心なのだけど」

そう告げたシモンは、銃の手入れをしている最中だ。

細長い銃身を持つ猟銃で、銃床には真鍮《しんちゅう》で美しい高肉彫《たかにくぼり》が施されている。軍用ではない、特別に誂《あつら》えられたものなのだろう。

シモンの手の動きを見ながら、ユウリがポツリと言う。

「……あのさ、シモン」

「なんだい？」

「こんなこと、頼めた義理ではないんだけど、できれば、心臓ではなく、頭を撃ち抜いてくれないかな」

「頭？」

「そう。『王の熊』の頭」

手を動かしながら、ユウリを見たシモンが確認する。

「それって、熊皮のほうを狙えということだね。――人間ではなく」

「うん」

頷いたユウリに、シモンはさらに訊いた。

「つまり、君は、マックス・ジークムントは、まだ助かると思っている？」

「おそらく」

「そうか」

納得したらしいシモンが、「わかった」と首肯《しゅこう》した。

「心しておくよ。――僕だって、多少品はなくても、悪人ではなかった男を、むやみに殺したくはないからね」

それを聞いて、ユウリがホッとしたように息を吐く。

「ありがとう、シモン。――ただ、絶対に、無理はしないで」

「わかっているよ」

その一瞬、手の動きを止めたシモンが、水色の瞳でユウリを見つめ、安心させるように確約した。

「その点は、心配しなくていい。――それより、父が、今日になって、城まわりの警備を強化したんだ」

銃の手入れに戻りながら言われたことに、ユウリが意外そうに目を見ひらく。

「本当に？」

「うん。もちろん、あの人は、野犬か何か、猛獣がうろついていると思っているわけだけど、建物内に侵入されないよう、警備システムをバージョンアップしたらしい。だから、夜間、建物の外に出るのはかなり難しくなってしまって、今、アンリと、その相談をしていたところなんだよ。だけど、もし、ユウリが起きていてくれるなら、警報装置を外して、僕とアンリが外に出たら、戸締まりをして、中で待っていてもらうのがいいかと思う。――ただ、それでも、問題は残っていて」

手入れを終えた猟銃に、女神の銃弾を込めたシモンが、ガチャッと銃身を戻して構えながら続ける。

「外に出た僕たちの姿が、監視カメラに映ってしまうのをどうするかということと、どうやって相手を見つけるかなんだけど」

その時、シモンが向けた銃口の先に、突如、黒い影となって、アシュレイが姿を現した。

いったい、今まで、どこにいたのか。

神出鬼没も、ここまで来ると、はなはだ不気味だ。

銃口をおろしたシモンが、呆れたように言う。

「アシュレイ。人の部屋に入るなら、ノックくらいしてくれませんか？ ——危うく、撃つところでしたよ」

「いっそ、撃てばよかったのに」

兄に続いてアンリも言うが、どこ吹く風のアシュレイは、気にとめないどころか、しゃあしゃあと言ってのける。

「この部屋にドアがあったとは、知らなかった。セキュリティーの甘さは、警備システムだけじゃないようだな」

「どういう意味です？」

「すぐにわかる」

そう言ったアシュレイは、座っているユウリの腕を引っぱって立たせ、「ほら、ナマケモノ」と命令する。

「尻に根が生える前に、行くぞ」

慌てて止めようとしたシモンに対しても、指先を向けて告げた。

「こっちの準備はできているが、そっちは？」

止めそこなったシモンが、顔をしかめて応じる。

「――女神の銃弾なら、このとおり、鋳直してありますよ」

「上出来。――なら、出陣だ」

「出陣って……、待ってください、アシュレイ」

ユウリを引っぱって窓のほうに歩き出した元上級生を追い、シモンが、手短に状況を説明する。

「城まわりの警備が強化されています。むやみに外に出ると、いろいろと問題が――」

だが、やっぱりアシュレイは気にせず、堂々とのたまった。

「だから、こっちの準備はできていると言っただろう。警備システムに侵入して、お前の部屋の前のバルコニーの監視映像は、少し前に録画されたものが流れるように細工しておいた」

「……まさか、うちの警備システムに侵入したんですか？」

「ああ」

あっさり認めたアシュレイが、「ついでに」と続ける。

「この部屋の警備システムも解除した。言っただろう。ドアがあるとは、知らなかったって」

「……なるほど」

さすがに、付き合いも長くなってきて、この男の神業的《かみわざてき》なあれこれに慣れてきているシモンは、この時点で頭を切り替えることができたが、まだ、若干不慣れなアンリは、憤りを隠せずに問いつめる。

「解除したって、勝手に――⁉」

「心配なら、ここで張り番でもしていろ。ついてこられても、足手まといだ」

ピシャリと言い捨てたアシュレイが、バルコニーに続く窓を開けて、外に出た。

「おい、待てよ！」

怒りに任せてあとを追おうとしたアンリを、兄であるシモンが止める。

「いいから、アンリ。お前は、ここに残って、万が一の場合に備えてくれないか」

「万が一？」

眉をひそめたアンリが、「なに、それ」と剣呑《けんのん》に返す。

「万が一なんて、起こってもらったら、困るんだけど」

「でも、そのためにお前がいるんだよ」

「そんなの――」

　食ってかかろうとした異母弟を制し、シモンが続ける。

「いいかい、アンリ。よく聞くんだ。――アシュレイは、確かに油断はできない相手だけど、勝算がなく動く人間じゃない。それでも、万が一の場合は、お前がここで、相手を防いでくれないと、マリエンヌとシャルロットのどちらかが狙われる危険性がある。それだけは、なんとしても、避けたいんだ」

　双子の名前が出たところで、アンリがグッと息を吞む。

言われるまでもなく、彼だって、可憐《かれん》な妹たちを危険な目に遭わせる気はない。

　シモンが、さらに言う。

「今までのケースから考えて、相手が男を狙うとは思えない。ターゲットは、小さい子供か、華奢《きゃしゃ》な女性のはずだから、僕らのことは倒しても、まず、食い散らかすことはないはずだ。でも、双子は、襲われたら最後、悲惨な結末が待っている。――それだけは、忘れないでくれ」

　そこで、ようやく納得したらしいアンリが、「わかった」と頷く。

「僕の命がある限り、二人のことは守るよ」

「頼んだよ」

「でも、気をつけて、兄さん」

「お前も」

そこで、猟銃を手に身を翻し、アシュレイとユウリのあとを追ったシモンが、追いついたところで、言う。

「言いそびれましたけど、アシュレイ。なぜ、ユウリまで連れていく必要があるんです？」

「そんなの、お前が最後にあげていた問題を片づけるために、決まってんだろう」

「最後にあげた問題？」

訝しげに繰り返したシモンに、アシュレイが面倒くさそうに説明する。

「お前は、悠長に、相手のお出ましを待つつもりらしいが、俺は、時間を無駄にするのが大嫌いでね。こっちから呼びつけて、出てきてもらおうって寸法だ」

「それって、まさか——？」

思わず、その場で立ち止まったシモンに対し、摑んでいたユウリの腕を放して、アシュレイが宣告する。

「その『まさか』だよ」

「ユウリに、呼び出させるつもりですか？」

「ああ」

「そんなの、危険すぎます！」

それに対し、夜空を見あげたアシュレイが、意地悪く言った。

「そう思うなら、しっかりやれよ。もうすぐ月の出で、お前さえ的を外さなければ、この件は、あっという間に解決だ」

8

「火の精霊《サラマンドラ》、水の精霊《ウンディーネ》、風の精霊《シルフィード》、土の精霊《コボルト》。四元《しげん》の大いなる力をもって、我の願いを聞き入れたまえ」

闇《やみ》に沈んだ広い庭に、ユウリの凜《りん》とした声が響いた。

すると、その呼びかけに応え、四方から白い光の球が漂い出て来て、ユウリのまわりをふわふわと浮遊し始める。それは、蛍光粉をまき散らす夜行性の蝶《ちょう》が飛び回っているかのようで、端から見ると、なんとも幻想的な風景だった。

これより少し前。

アシュレイの無謀な計画に対し、シモンは断固として反対したのだが、それを押し切ったのは、他でもないユウリ本人だった。

アシュレイの言ったとおり、どこに出現するかわからない魔獣を待つよりは、決まった場所に呼び出し、あらかじめ照準を定めておいたほうが、仕留められる確率も高いからだ。そのエサが、ユウリであるというなら、甘んじて引き受けるのが彼である。

そして、現在、少し離れた場所でシモンとアシュレイが見守る中、ユウリが請願と、その成就を神に祈る。

「吊るされし者の魔法に囚われたる獣を、ここに導きたまえ。そのうえで、年月の楔《くさび》から解き放ち、女神のもとへ送りたまえ。——アダ　ギボル　レオラム　アドナイ」

するとそれまでユウリのまわりを漂っていた白い光の球が、スッと上空にあがっていき、まるで灯台の明かりのように、あたりをチカチカと照らし始めた。

チカ。

チカ。

チカ。

大海原を漂う船が、指標とする灯台。

それが、この世を彷徨っている悲しい魂を引きつける。

案の定、しばらくして、それまで穏やかだった夜の静寂に、ふいに危険な香りが忍び込んできた。

ざわめく木々。

鳴くのをやめた生き物たち。

凍りついた時間。

ややあって、あたりにムッとむせ返るような獣の臭いが立ち込め、闇の底で、大きな動物が蠢《うごめ》く気配がした。

「——来たな」

ユウリから数メートル離れたところで様子を見ていたアシュレイが、寄りかかっていた木の幹から身体を起こし、周囲の気配を窺う。

その向かい側では、この前とは別の石像の陰に立ったシモンが、暗視スコープ越しにユウリの立っている空間に照準を定めていた。銃口には、ここに来る間に、アシュレイに渡されたサイレンサーが装着されている。

まさに、手に汗握る瞬間だ。

何かが起こりそうで、起こらない。

獣の気配は、シモンにも明らかに感じ取れたが、警戒しているらしく、なかなか姿を現そうとしなかった。

（まだか――）

焦れたシモンが、思った時だ。

突如――。

彼の背後から、大きな影が跳躍《ちょうやく》し、遮るもののない場所で突っ立っていたユウリに向かって躍《おど》りかかっていった。

てっきり、森のほうから出てくると思っていたシモンは、攻撃のチャンスを逸する。仕留めるなら、心臓か、頭を撃ち抜かなくてはならず、背後からでは無理なのだ。

「ユウリ！」

とっさに、飛び出そうとしたシモンの目に、ユウリを倒すように飛びかかったアシュレイの姿が見えた。

間一髪。

倒れ込んだ二人の上を、「ベルセルク」と化した魔獣が飛び越えていく。

思った以上に大きい。

それは、まさに魔獣だった。

赤く光る眼。

鋭い牙《きば》。

荒い息をするたびに、山のように大きな身体が不気味に膨張する。

アシュレイは、倒れ込みながら身体をひねり、手にしていた短銃で、魔獣の胸に狙いを定めた。

ここからなら、確実に撃ち抜ける。

女神の銃弾でなければ、致命傷にはならないだろうが、ある程度のダメージを負わせることは可能なはずだ。

引き金にかかったアシュレイの指に力が込められ、相手を撃とうとした、まさにその瞬間——。

「ダメッ！　アシュレイ！」

一度、倒れ込んだユウリが身体を起こし、アシュレイの手に飛びついた。

その反動で狙いが逸《そ》れ、サイレンサーつきの短銃から飛び出した銃弾が、空を切る。

舌打ちしたアシュレイが体勢を立て直す間もなく、方向転換した魔獣が、再び二人に襲いかかってきた。

とっさにアシュレイが足蹴《あしげ》りを食らわせてもビクともせず、魔獣の鋭い鉤爪《かぎづめ》が二人の上に落ちかかる。

それに対し、アシュレイを庇うように左手を伸ばしたユウリが、みずから、その腕を敵の前にさらけ出す。

当然、鋭く尖《とが》った鉤爪が食い込んで、カツッと音をたてた。

その状況で、ユウリが叫ぶ。

「シモン！　頭――」

だが、ユウリが懇願《こんがん》するまでもなく、その時、パシッと小さな発射音をさせ、猟銃を構えたシモンが、引き金を引いていた。

女神の銃弾が、空間を押し曲げて、魔獣に向かっていく。

銀色の塊となって飛んできた銃弾が、魔獣の頭を撃ち抜いた瞬間――。

バッと。

茶色い熊皮が、粉々になって宙に散る。

まさに、一瞬で分子にまで分解されたかのように、目に見えない粒となった熊皮が、月明かりに照らされてキラキラと舞いあがる。それは、あたかも、解放された「ベルセルク」の魂を導いているかのように、月に向かって輝きながら上昇していき、やがて、空の彼方へと消え去った。

その間、十秒にも満たない。

その後、「ベルセルク」から解放された男の身体が、ドサッと地面に落ちてきた。もちろん、何も身に着けていない素っ裸のマックス・ジークムントだ。

折り重なるように倒れ込んだまま、その様子を奇異な目で見ていたユウリとアシュレイのもとに、猟銃を持ったシモンが、駆け寄ってくる。

「ユウリ！　腕！　――ケガをしただろう⁉」

シモンは、混乱の中、ユウリが魔獣に向かって自分の左腕を差し出すのを、しっかりと見ていた。

だからこそ、相手の動きが止まり、着実に狙いを定めることができたのだ。

ただ、その結果の悲惨さを思い、とても動揺していたのだが、なんとも驚いたことに、ユウリの左手は無事だった。

流血どころか、かすり傷一つ、負っていない。

「……なぜ？」

片膝《かたひざ》をつき、ユウリの左腕を持ちあげながら信じがたそうに呟いたシモンに、煙るような漆黒の瞳を伏せたユウリが、どこか超然とした表情を浮かべて応じた。

「受け止めたのが、左手だったからだよ」

シモンが、顔をあげて、そんなユウリを見る。

そこに、普段のユウリとは違う、異国の王族でも見たような気になったシモンが、水色の瞳を細め、どこか痛ましげに納得した。

「……そういうことか」

ユウリの左手首――。

そこには、普段は見えないが、「グナ」と呼ばれる三色の糸をつむいで作られた腕輪がはまっている。

それは、彼が行方不明になっていた間に月の女神にもらったもので、ユウリを危険から守る役割をしているらしい。その見返りに、ユウリが何をすることになるのかは、わからない。

だが、いつか、何かが起こるのは、おそらく間違いないのだろう。

そんな二人の様子を見ていたアシュレイが、どこか不満げな表情で立ちあがり、つられて見あげてきたユウリを、冷たく見おろして宣言した。

「言っておくが、ユウリ。二度と、俺のやることを邪魔するな。――わかったか？」

確かに、ユウリの行動は、そばにいたアシュレイの命をも危険にさらしたのだから、怒られて当然だ。

そこで、ユウリは素直に謝る。

「わかりました。──アシュレイまで危ない目に遭わせて、すみませんでした」

近くで聞いていたシモンにしてみれば、いつもはアシュレイのほうが、ユウリを危険な目に遭わせているのだから、これくらいで文句を言うのはおかしいと思ったが、口をはさむのは、やめておく。

なんとなく、ややこしいことになりそうだからだ。

すると、依然、不満そうな表情のまま、アシュレイは、何も言わずに踵《きびす》を返して立ち去った。挨拶がないのはいつものこととはいえ、その様子からすると、どうやら、相当機嫌を損ねたようだ。

もの思わしげに見送ったシモンが、小さく肩をすくめ、まだ、アシュレイのほうを見ているユウリの気を惹《ひ》くように言った。

「さてと、ユウリ。あの人は行っちゃったけど、僕たちには、今夜も、まだ難題が残っているようだよ」

「難題?」

振り返ったユウリに、シモンがかたわらを顎で指しながら、意見を求める。

「うん。――この裸の男、どうしたらいいと思う？」

「……そっか」

言われたとおり、かなりの難題だ。

眉根を寄せ、悩ましげに男を見おろしたユウリが、真剣に考え込みながら答える。

見たところ、マックス・ジークムントに外傷などはなく、呼吸も正常で、今は気を失っているだけのようだ。

「たぶん、目覚めても『ベルセルク』の時の記憶はないだろうから、酔っぱらったか何かして、ここで寝ていたことにするしかないかもね」

「ああ、それは名案だな」

賛同したシモンが、「もっとも」と続けた。

「いい加減、寝たいのは僕たちのほうだけど」

なにせ、昨日から、ほとんど寝ていない二人である。

「言えてるね」

しみじみと応じたユウリの肩を引き寄せ、「そういえば、言い忘れていたけど」と耳元で告げると、頬にキスをしてから言う。

「お疲れ様、ユウリ」

「シモンこそ」

だが、シモンは首を横に振り、真剣な眼差しで応じた。

「僕は、家族のためだからしかたないさ。でも、君は違うだろう。ユウリは、うちの家族の命の恩人だよ」

「そんな……」

照れくさそうに笑ったユウリを見て、シモンが「そういう意味では」と嫌そうに付け足した。

「アシュレイもなんだけどね」

「確かに」

そこで、二人して改めて身勝手な男が残していった難題を見おろし、ややあって、シモンが言う。

「まあ、そんなに悩まなくても、なるようになる《ケセラセラ》か」

「そうだね。たぶん、なるようになるよ」

終章

翌朝。

ユウリは、ノックの音で目が覚めた。

寝ぼけ眼で「どうぞ」と答えると、朝からなんとも高雅で優美なシモンが、片手に、緑色の液体の入ったグラスを載せたお盆を持って、軽やかに入ってくる。

「やあ、おはよう、ユウリ」

「おはよう」

「よく眠れた？」

「うん」

ぼんやりしたまま身体《からだ》を起こしたユウリは、窓から射し込む陽射《ひざ》しを見て、小さく首を傾《かし》げる。

ややあって、訊《き》いた。

「……おはようって、シモン。もしかして、もう昼？」

とになる。

「――ああ。もうすぐ、そんな時間になるかな」

あっさり答えが返るが、ということは、他人様の家で、ゴロゴロとお昼まで寝ていたこ
サアッと血の気が引いたユウリは、慌《あわ》てて布団《ふとん》を撥《は》ねのけようとしたが、その前に、シモンがベッドの端に腰をおろし、「慌てなくても」となだめた。

「君が寝不足で疲れているのはわかっていたから、僕が、起こさないように伝えておいたんだよ」

「でも、そうはいっても、限度ってものが……」

戸惑ったように漆黒《しっこく》の前髪をかきあげるユウリを尻目《しりめ》に、シモンは手にしていたお盆をスッと差し出して、言う。給仕のような仕草《しぐさ》も、シモンがやると王侯貴族の品格に溢《あふ》れた振る舞いになる。

「それより、これ、わが家の特製野菜ジュースなのだけど、しばらく、これで餓《う》えをしのいでもらえるかい？」

「餓え？」

繰《く》り返しながら受け取ったグラスを、ユウリが物珍しげに眺《なが》める。

「なんか、健康によさそう」

「間違いなく、いいよ。材料は、敷地内の畑で取れた野菜や果物《くだもの》を使っているんだ。味も

シェフの保証つき」

そこで、ユウリが口をつけると、確かに、見た目ほど青臭さはなく、ほどよい酸味とグレープフルーツの爽《さわ》やかな香りがした。

「美味《おい》しい！」

「よかった。――でも、申し訳ないけど、今はそれだけなんだ」

飲み終わったユウリが、空のグラスをサイドテーブルに置きながら、尋ねる。

「もちろん、朝寝坊したのはこっちだから、朝食がないことに文句を言う気はないけど、いちおう、理由を聞いてもいい？」

「もちろん」

頷《うなず》いたシモンが、教える。

「実は、妹たちが、君が起きたら、庭でピクニックをすると張りきっていて、今、大急ぎでその準備をしているところなんだ。だから、朝食は抜きになってしまったけど、すぐにアウトドアな昼食になるよ」

「へえ」

天下のベルジュ家が、客人を餓えさせるのにどんな理由があるのかと思ったら、そこには、やはり、それなりの理由があった。

「それは、とっても楽しみだな」

納得したユウリが、「それはそうと」と、話題を変える。

「あの人は、どうなった?」

「あの人って、マックス・ジークムントのこと?」

「うん」

昨夜は、「ベルセルク」の魔法から解放され、素っ裸のまま意識を失っていた。

そこで、シモンが、人影を見たことを理由に外に出て、彼を見つけたということにしたのだ。その際、警報装置が壊れていたことも問題になり、今日にも点検が入ることになっている。

もちろん、ユウリ、シモン、アンリの三人は、その原因を知っているが、黙っているということで意見を一致させていた。

話せば、他にも面倒な説明をしなければならないからだ。

「ジークムントの身柄は、警察に引き渡したよ。いちおう、不法侵入に当たるからね。……でも、彼、君が言っていたとおり、何も覚えていないみたいだった。この一週間、自分が、どこで何をしていたのかわからないって」

「やっぱり……」

「ただ、いくら覚えていないとはいえ、最初の被害者が、彼と行動を共にしていた女性であることがわかったため、事件への関与を疑われることは、まず間違いない」

そこで、ユウリが表情を翳《かげ》らせる。

現実に悲惨な運命を辿《たど》った被害者がいるのであれば、決して風化させられるものではないが、あれは、マックス・ジークムントであって、マックス・ジークムントではないものの仕業《しわざ》であれば、彼にその罪を問うのは気の毒だったし、事件の記憶が戻ってしまったら、おそらく正気ではいられないだろうから、このまま、記憶が戻らないほうが、いいように思えた。

結局、昔も今も、「化け物」は存在する。

それが、たとえ人の精神の異常が原因であっても、そうしたほうがいい場合もあるのだろうし、もしかしたら、そのために生み出されたのが、「化け物」なのかもしれない。

シモンが、ユウリの愁いを汲《く》み取って告げる。

「なんにせよ、あとは、警察の仕事で、君が気にすることじゃない」

「……そうだよね」

同意はしたものの、まだどこか気がかりそうに漆黒の瞳《ひとみ》を翳らせているユウリに、シモンが「それより」と気分を変えるように訊いた。

「今、ユウリが気にすべきことは、自分の携帯電話の行方だと思うけど」

「え？」

そこで、ハッとしたようにシモンを見たユウリが、「携帯電話？」と繰り返す。

「そう。携帯電話。——君、アシュレイから、携帯電話を返してもらった？」

確認され、ベッドの上で記憶を辿ったユウリが、呆然《ぼうぜん》とした表情になって、首をゆるゆると横に振る。

「忘れてた……」

「やっぱりね。ちょっと、そんな気がしていたんだよ」

そこで、自分のスマートフォンを取り出したシモンが、どこかに電話しながら言った。

「もっとも、ユウリが忘れていたとしても、アシュレイがうっかり忘れるなんてことはありえないから、絶対にわざとだ」

どうやら、ついに、本気で苦情を申し立てる気になったらしい。

その際、シモンは、不確かなアシュレイの電話番号ではなく、ユウリの携帯電話に電話をかけたのだが、シモンが電話をかけ始めてすぐ、二人がいる部屋のどこかで、コール音が鳴り出した。

気づいたシモンとユウリが、ベッドの上で顔を見合わせる。

それから、音源を求めてあたりを見回し、さらに、ベッドを降りたユウリがクローゼットを開けると、聞こえてくるコール音が高くなった。

ややあって、服を探ったユウリが、いくつかあるポケットの中から携帯電話を見つけ出し、掲《かか》げてみせる。

「――あった」

「そのようだね」

シモンが電話を切ると、呼応するように、ユウリの手の中で携帯電話も沈黙した。

しばらくの間、どちらも何も言わずに黙り込み、ややあって、溜《た》め息をついたシモンがなげやりに評する。

「本当に、人をおちょくるのが好きなんだな。いい加減、嫌になるよ」

「うん」

同意したユウリが、すぐに「でも」と続ける。

「すっかり忘れていたから、こうして置いていってくれて、助かったけど」

勝手に部屋に入られたことや、荷物を漁《あさ》られたことなど気にする素振りもなく、あくまでも、のほほんと感想を述べているユウリを呆《あき》れたように眺めやり、シモンは、雄弁な溜め息をついた。

懐が深いといえばそうなのだが、本当にそれでいいのだろうか――。

若干《じゃっかん》の不満と不安を覚えつつ、窓のほうに視線を移せば、ベランダに面して開け放たれた窓からは、そんなシモンの心を浮き立たせるように、ピクニック日和の穏やかな陽光が射し込んでいた。

あとがき

満開の桜を見ることもなく、「ああ〜、散ってしまった〜」と嘆《なげ》いていたのが、もう一ヵ月も前の話です。光陰《こういん》矢のごとしというけれど、矢というよりは、まさに「光陰」そのものって感じで、とにかく早い!!

そんなスピードの中で、気づけば、パソコンが使えなくなっているし、物価はえらい上昇しているし、世知辛い世の中を実感している私ですが、皆さまはいかがお過ごしでしょうか。

こんにちは、篠原美季《しのはらみき》です。

そして、「欧州妖異譚《おうしゅうよういたん》」です。前回から、またまた時間が経ってしまいましたが、こうして無事にお届けすることができて、私も嬉《うれ》しいです。なんといっても、シモンは相変わらずうっとりするくらい神々しいし、アシュレイはいつも通り勝手極まりないし、ユウリはユウリで、やっぱりユウリだな〜ということで、ホッとしますね。

そういえば、この前、担当のM編集者とも話しましたが、シモンがあまりにカッコ良すぎて、ただただそこにいてくれたらいいと、作者までが思ってしまう結果、作中であまり活躍する場がなくなるのではないかという、シモンにしてみれば、「なんだ、それは」と言いたくなるような状況になっている気がします。

案外、美しすぎるというのも、やっかいなものです。

でもまあ、それではシモンが可哀《かわい》そう過ぎるということで、今回は、意識して、かなり活躍してもらいました。アシュレイの鼻を明かすまでにはいたらなかったようですが、それなりに奮闘《ふんとう》したのは間違いないでしょう。

そのあたりを、皆さまにも楽しんでいただけたらと思っております。

ということで、今回は、フランスを舞台にして、ベルジュ家の双子の姉妹や、お騒がせキャラであるナタリーが出てきて、なかなか華やかな仕上がりになりました。

ナタリーと絡《から》んでいるシモンというのが、案外評判がいいんですよね〜。確かに、ちょっと可愛い感じで、私も好きです。

テーマとしては、サブタイトルにある通り、「ジェヴォーダンの魔獣」を取りあげさせていただきました。

なぜ、「ジェヴォーダンの魔獣」になったのか。

当初は、もっと華やかなお祭りをテーマにしようとしていたのですが、いろいろあって先延ばしにしないとならなくなり、それなら、ということで、パリを舞台に、以前から書いてみたかったお話を書こうとしたら、資料を読んでいるうちに、あっという間に時間が経ってしまい、私の浅薄《せんぱく》な知識では、とてもすぐに書けるようなものではないということに気づいて、「ああ、どうしましょう!」とパニックになっていた時に、一冊の本に出会ったんです。それで、「なるほど、これは面白いし、アレと組みあわせたら、とっても良さそう!」ということで、この話が出来上がりました。

これも、一種の運命ですね。

ということで、今回の参考資料としては、たくさんある中でも、特に以下の二冊を取りあげ、御礼の代わりとさせていただきます。

・『フランス中世史夜話』　渡邊昌美著　白水社
・『熊の歴史　〈百獣の王〉にみる西洋精神史』　ミシェル・パストゥロー著　筑摩書房

それと、もう一つ。

作中で、ロバート・ブラウニングの詩を引用していますが、あれは特に何を参照したわけではなく、なんとなく、私の頭の中にあるものを使ったのですが、講談社の校閲さんが調べてくれた結果、新潮文庫さんから出ている上田敏《うえだびん》訳にほぼ依《よ》っているそうで、私自身は、原書を訳したこともなければ読んだこともないので、当然、上田氏の訳したものをどこかで目にし、それをうろ覚えに覚えていたにすぎないため、こちらも、この場を借りて御礼申し上げます。

以上、参考文献についてはこれくらいにして、ちょっとしたお知らせを。

九ヵ月ぶりの「妖異譚」ということで、出血大サービスではありませんが、本の挟み込みとホワイトハートのホームページに、それぞれショートショートを書き下ろしたので、そちらも、是非、お楽しみください。二つとも、今回のお話の後日談です。

なんて、前回の「ホミコレ」でも同じようなことをやっているので、篠原の本には、もれなくショートショートがついてくるという状況になりつつあるかも。次回は次回で、シリーズ十冊目ということで、やっぱり何かしらやらせてもらえそうだし♪

そういうわけで、次回も「欧州妖異譚」です。区切りとして、いつにも増して楽しんでいただけるよう、今から、どこを舞台になにを書こうか、ワクワクしながら考えています。

最後になりましたが、今回も素敵なイラストを描《か》いてくださったかわい千草《ちぐさ》先生、またこの本を手にとって読んでくださった方々に、心から感謝を捧《ささ》げます。

では、次回作でお目にかかれることを祈って――。

夕暮れ時の横浜《よこはま》港を見ながら

篠原美季　拝

『神従の獣～ジェヴォーダン異聞～ 欧州妖異譚9』、いかがでしたか？
篠原美季《しのはらみき》先生、イラストのかわい千草《ちぐさ》先生への、みなさまのお便りをお待ちしております。

篠原美季先生のファンレターのあて先
〒112-8001 東京都文京区音羽2-12-21 講談社 文芸シリーズ出版部「篠原美季先生」係

かわい千草先生のファンレターのあて先
〒112-8001 東京都文京区音羽2-12-21 講談社 文芸シリーズ出版部「かわい千草先生」係

N.D.C.913　278p　15cm

篠原美季（しのはら・みき）

講談社X文庫

4月9日生まれ、B型。横浜市在住。
「健全な精神は健全な肉体に宿る」と信じ、
せっせとスポーツジムに通っている。
また、翻訳家の柴田《しばた》元幸《もとゆき》氏に心酔中。

white heart

神従《しんじゅう》の獣《けもの》～ジェヴォーダン異聞《いぶん》～　欧州妖異譚《おうしゅうよういたん》9

篠原美季《しのはらみき》

●

2014年6月5日　第1刷発行

定価はカバーに表示してあります。

発行者――鈴木　哲
発行所――株式会社　講談社
東京都文京区音羽2-12-21 〒112-8001
電話　編集部 03-5395-3507
販売部 03-5395-5817
業務部 03-5395-3615
本文印刷―豊国印刷株式会社
製本――株式会社千曲堂
カバー印刷―信毎書籍印刷株式会社
本文データ制作―講談社デジタル製作部
デザイン―山口　馨

ISBN978-4-06-286824-2

募集要項

■内容

ホワイトハートにふさわしい小説であれば、ジャンルは問いません。商業的に未発表作品であるものに限ります。

■資格

年齢・男女・プロ・アマは問いません。

■原稿枚数

ワープロ原稿の規定書式【1枚に40字×40行、縦書きで普通紙に印刷のこと】で85枚～100枚程度。

■応募方法

次の3点を順に重ね、右上を必ずひも、クリップ等で綴じて送ってください。

1. タイトル、住所、氏名、ペンネーム、年齢、職業（在校名、筆歴など）、電話番号、電子メールアドレスを明記した用紙。
2. 1000字程度のあらすじ。
3. 応募原稿（必ず通しナンバーを入れてください）。

ご注意

○ 応募作品は返却いたしません。
○ 選考に関するお問い合わせには応じられません。
○ 受賞作品の出版権、映像化権、その他いっさいの権利は、小社が優先権を持ちます。
○ 応募された方の個人情報は、本賞以外の目的に使用することはありません。

背景は2008年度新人賞受賞作のカバーイラストです。
真名月由美／著　宮川由地／絵『電脳幽戯』
琉架／著　田村美咲／絵『白銀の民』
ぽぺち／著　Laruha（ラルハ）／絵　『カンダタ』

ホワイトハート最新刊

神従の獣 ～ジェヴォーダン異聞～

欧州妖異譚9

篠原美季　絵／かわい千草

災害を呼ぶ「魔獣《ラ・ベート》」、その正体と目的は!? フランス中南部で起きた災厄は、噂通り「魔獣」の仕業なのか？　シモンの双子の妹たちの誕生日会の日、ベルジュ家のロワールの城へやってくる招かれざる客の正体は？

灼熱の王子に愛されて

伊郷ルウ　絵／相葉キョウコ

私の真実を知っても、愛してくれますか……？　モニールは双子の妹姫。結婚を拒絶した姉になりすまし、ガナルーハ国の王子に嫁ぐことに。暴君という評判とは真逆の、誠実なアムジャード王子に身も心も蕩かされ……。

暴君と恋のレシピ

岡野麻里安　絵／DUO BRAND.

ワケありな少年と美貌の変人が恋に落ちた！　家出中の神宮寺直人は、偶然出会った瀬名彩彦の高級マンションでハウスキーパーをすることに。ルックス抜群で富豪の彩彦は生活能力ゼロ。しかも特殊な能力が!?

スイート♡スイート ウェディング

里崎 雅　絵／香坂ゆう

私のすべてをあなたのものにしてください——。生まれた時から隣国に嫁ぐよう定められたエレアーヌ姫は、憧れのユリウス王との婚儀を控えて胸膨らませていた。だがユリウスには冷たい視線を向けられて!?

エロティック・ムーンに盗まれて

峰桐 皇　絵／岩下慶子

心ごと、奪われてもかまわない。失った家宝を取り戻すため、夜会の度に貴族の館を密かに探索していた子爵家令嬢のソニア。まさか、都で噂の怪盗グリスに会うなんて!?　甘く口止めされ、ソニアは!?

ホワイトハート来月の予定（7月4日頃発売）

はつ恋　翡翠の旋律 2 ……………………………… 楠瀬 蘭

オートクチュール・ガール ……………………… 中川ともみ

※予定の作家、書名は変更になる場合があります。